「む？」
キッドは右手を上げて気を集め、左手を下げて神気《しんき》を溜《た》める。
ワールドオーダー
7
World Order
河和時久
Tokihisa Kohwa
illustration 上田夢人

JN043141

「レア……君は俺よりドクを取るんだね」
『え？　ええ⁉　ち、違う――』

シャルは
まだ寝ているようで、
非常にそそられる格好だった。

『SR《スーパーレア》ですからね。はいわかります』
フンスッと鼻息荒く
クロエは
ドヤ顔をする。

「お、お嬢様だけずるいです!!」
「私にもお情けを譲ってください!!」
エペとフェリアの追及に…。

「いいなぁ、俺もやってみたいなぁ」
「マスターがこれほど素直に羨ましがってくれるなんて……」

クロエにしか
できない芸当だ。

新たな仲間と、愛欲生活と。

キッド達に新たな仲間が加わった。青狼《せいろう》族の最強脳筋男。解放した元奴隷の美人薬師《くすし》母娘。寝てばかりの闇の妖精族の美少女に、自身を化け物と呼ぶ黒狼《こくろう》族の少年、天真爛漫《てんしんらんまん》な金虎《きんこ》族の幼女。そしてキッドの嫁に加わろうとする銀狼《ぎんろう》族の犬耳美少女まで…。多種多様なメンバーにドク一家も加え、キッドはますます勢力を拡大していく。

だがそんな忙しい中でも童貞を捨てたばかりの男が美少女達相手に欲望を抑えきれるはずもない。

グリモワールへ戻る途中我慢できず、車内で思わずレアと愛を確かめ合うが、その声をドクの娘であるエミリアに聞かれ、レアは大絶叫してしまうのだった。

そんなことがありながらも歯止めの利かなくなったキッドは、その後もリグザールでアンジュ達と夜の大運動会をしたかと思えば、グリモワール家で早朝からエペを襲い、クロエとも迷宮内で盛り上がってしまう。

所かまわず美少女達との愛欲に溺れる生活を満喫しながらも、魔人達の企みを阻止するべく、キッドは仲間達と暴走迷宮へと挑んでいくのだった。

INTRODUCTION

ワールドオーダー　7

河和時久

ヒーロー文庫

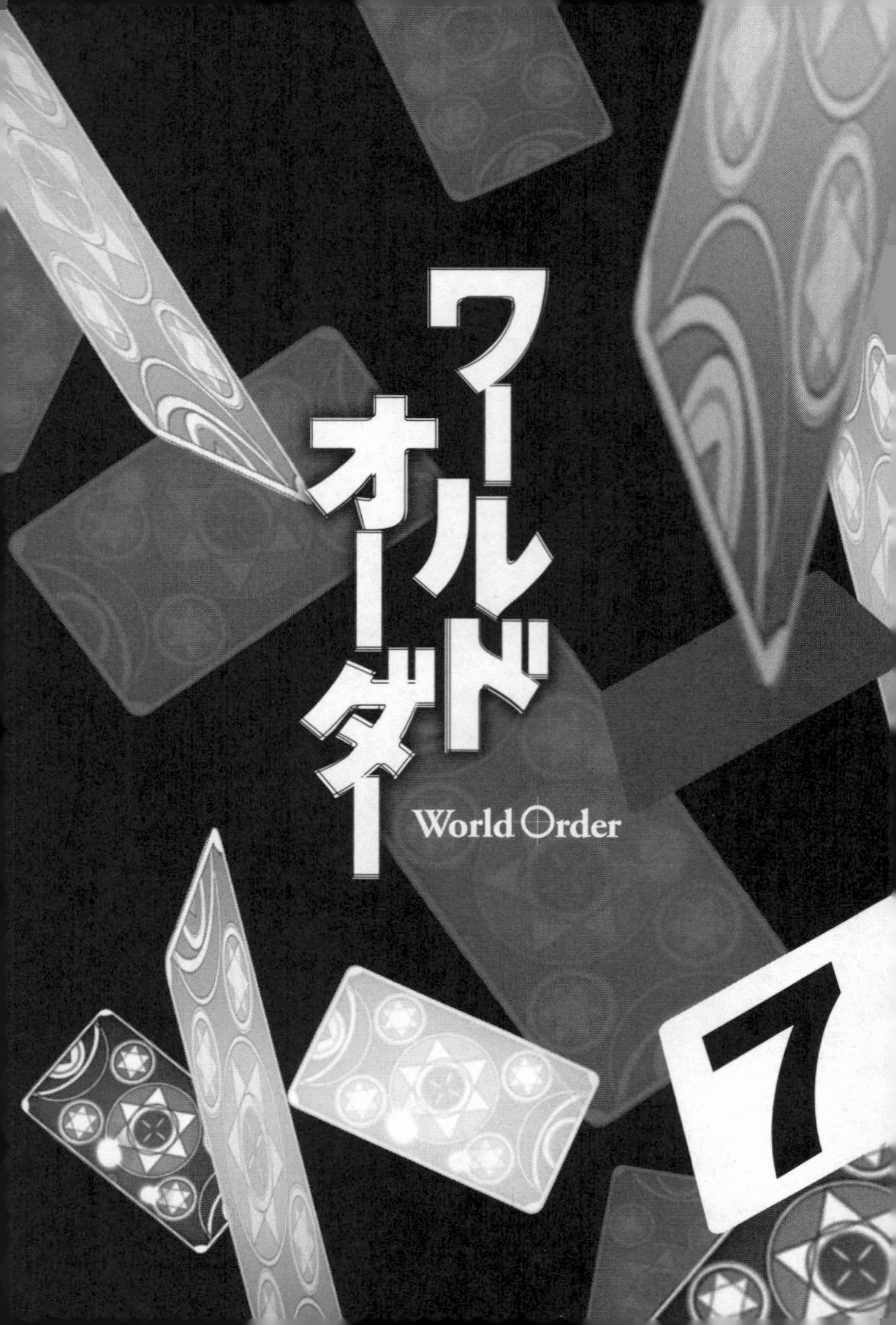
ワールドオーダー
World Order
7

illustration / Yumehito Ueda

CONTENTS

イラスト／上田夢人
装丁・本文デザイン／5GAS DESIGN STUDIO
校正／福島典子（東京出版サービスセンター）
DTP／鈴木庸子（主婦の友社）

この物語は、小説投稿サイト「小説家になろう」で
発表された同名作品に、書籍化にあたって
大幅に加筆修正を加えたフィクションです。
実在の人物・団体等とは関係ありません。

55. 迷宮都市

「さすがにこれは死ぬかもしれん」

『マスターはスキル効果によって、腎虚《じんきょ》にはなりませんからご安心を』

「何それ初耳なんだけど!?」

アイリやレア達を汁まみれの完全ノックアウトした翌朝。黄色に見える太陽に手をかざし、腰に手を当てながら昨晩の激戦について思いをはせて呟《つぶや》いていると、思わぬところから突っ込みが入った。

『マスターはスキルによって健康状態が維持されてますからね』

「……以前、教会で調べてもらった時にはそんなスキルなかった気がするんだが」

『普通には見えませんから』

じゃあなんでお前は見えてんだよ……。

『マスターに限ったことじゃありませんよ。特定の常時発動型《パッシブ系》スキルは、教会の装置では表示されませんから、気が付かないだけで持っている人はそれなりに存在します』

強化系やユニーク系は表示されるが、一般的なパッシブスキルは表示されないとあれば、スキルを持っていないと思われた人も実はパッシブ系を持っている可能性があるかもしれないのか。つまりやたらと健康な人は、俺と同じ健康状態を維持するようなスキルを持っている可能性があると。どうやって調べるんだ？

『マスターのカード能力なら見られますよ』

以前解析カードを使った時は見えなかった気がするが……もっと強力なカードが必要ということか？

『そのスキルを持っていることを自覚していないと、なかなか見えませんから』

……無茶を言うんじゃない。そんなのわかるわけないだろうが!? 何となく運がいいなと思った時に運のスキルがあると思うことはあるかもしれない。病気にならないから健康系のスキルがあるという可能性が、なくはないのもまあ、わからないでもない。

だが、そもそもそんなスキルが存在するということを知っていないと、自覚とか無理ゲーにも程がある。自分の事例からすると、力や魔力のようなものが強化、補正されるようなわかりやすいスキルは優先的に表示されるが、状態異常を防ぐようなものは表示されにくいということなのだろう。

「まあ、今はそれはいいとして、ドクトゥスの所に行くとしよう」

名残惜しくも、ぐったりとしているアイリ達を残して俺はイストリアへと転移した。

宿に戻るとシャルはまだ寝ているようで、非常にそそられる格好だった。これはワンチヤン誘っているのでは？

　昨晩あれだけ盛《さか》ったにもかかわらず興奮してきた俺は、いそいそとベッドにもぐりこもうとするやいなや、いきなりハリセンのようなもので叩《たた》かれた。

「……痛いんだが」

「朝っぱらから何をする気ですかマスター」

「はっ⁉」

　クロエの突っ込みに冷静さを取り戻す。

「昨日の薬が効きすぎましたかね」

「おいい⁉　いつのまに⁉」

　いくらなんでもそれはないだろう、というくらいに性欲の権化《ごんげ》と化しているのは、やはり薬を盛られていたからのようだ。

「元々マスターは凄《すさ》まじい回復力があるので、効果としては多少興奮しやすくなるくらいのはずですが……」

「お前は太陽が黄色く見えるほどやった後、すぐにまた襲えるのを多少と言うのか……」

「その辺はマスターが元々むっつりだったのが、女を知ってタガが外れただけです」

　主人に対して酷《ひど》い言いぐさである。

「どんな美人でも見境なく襲うわけでなく、たとえ据《す》え膳《ぜん》だろうと恋人にしか手を出さない辺りがマスターらしいですが」

「見境なく襲っていたらただのレイプ魔じゃないか!!」

「常人なら本当に見境なくなるので、男をすら襲いかねない薬なんですが」

「なんてもの飲ませてんだ!?」

洒落《しゃれ》にならないカミングアウトやめろ。大和《やまと》とか襲ってたらどうするつもりだったんだ。

「シャルの持ってる薄い本が厚くなりますね」

おいこらまて。なんでそんなものがこっちの世界にあるんだ。しかもシャルが持ってるのか……。知りたくなかった。

「まあ作者は私ですが」

「お前が元凶か!!」

なんてことをしやがる……純情な乙女を腐らせるんじゃない。

「最近の一番人気はマスター攻めのリカルド受けですね」

「やめろおおおおお!!　そんな情報知りたくないいいいい!!」

「ちなみに学院の一部に熱狂的なファンがいます」

「すぐにその活動をやめてくれ」

「しかし、クリエイターたるもの、やはりファンに求められれば答えぬわけにはいかないですから」

「なんで急にアーティストっぽい目線でクリエイター面《づら》してんの？　俺の肖像権は？」

「この作品はフィクションであり実際の――」

「それを書けばなんでも許されると思うなよ!?」

こっちの世界じゃ訴えられるようなこともないから好き放題できるかもしれんが……。

「ううん」

二人で騒いでいたせいで、どうやらシャルを起こしてしまったようだ。

「ふああ、おはようございまひゅ」

「おはようシャル」

寝ぼけてるシャルもかわいいなあ。危うくまた襲ってしまうところだった。

「いい加減少しは自重しましょうね。この性獣が」

「おい、最後なんかぼそっと言わなかったか？」

「気のせいですよ。それより早く出かける準備して朝食にしましょう。せっかく高いお金を払って高級宿に泊まってるのですから」

この宿は食事込みなので、食べないともったいないということだろう。俺って、昨日帰ってきたのは深夜だったから食ってないんだけどな。

その後、朝食を済ませて俺だけグリモワールの屋敷へと向かう。シャルもクロエもまだていない。

正式に紹介していないからだ。クロエは一部の奴と面識があるが、シャルはまだ身バレしていない。

平民であるシャルは、貴族とは積極的に関わりたくないようなので、あまり表には出さない方がいいだろう。まあ、それが普通の平民である。といいつつも王族達とすでに関わっているのだが、あの娘達はどちらかというと身内扱いなので特別といっても過言ではない。要は見知らぬ貴族と関わり合いたくないのだろう。俺だってそうだし。

そもそもドクトゥス――ドクの家のあるパトリアとかいう国の治安次第では、メンバーを入れ替える必要もでてくる。シャルは荒事《あらごと》は苦手なので……というより、シャルとアンジュだけがおしとやかなお嬢様で、後は荒事大歓迎くらいのメンバーなのだ。

『ちなみに最近のパトリアは治安が悪いようなので、メンバーは変えた方がいいかもしれません』

シャルも才能はあるが、いきなり野盗に襲われたときに対処できるかと言われれば、さすがに難しいだろう。そもそも後衛だしな。となると、アンジュ王女とその護衛であるセレスは除外するとして、レア、エペ、アイリの三人のうちの誰かということになる。

『パトリアは最近、亜人《あじん》差別が酷《ひど》くなっているらしいです』

亜人差別か。確か妖精族とか純粋な人とは違う種族のことだな。となれば、レアかエペしか行けないのでは。

『普通に二人セットでいいじゃないですか』

……まあ確かに一人ずつ分ける必要もないな。問題は貴族が野営やボロい宿に耐えられるかどうかだ。っていうか、気になったのはその亜人差別の情報をいつの間に調べたのかってことだ。関係ない隣国の情報だぞ？　そんなすぐに調べられるものじゃないだろ。

『それは乙女の秘密です』

……絶対服従のはずの従者が、主人に対して秘密が多すぎる件について。

『いい女は秘密が多いものなのですよ』

アイリ達はみんないい女だが、お前みたいに秘密はない気がするが。

『つまり私が一番いい女ということです!!』

駄目だ……こいつに何を言っても無駄のようだ。これ以上言っても疲れるだけな気がする。

『それでは私は、学院にいるレアとエペに、シャルとの交代の連絡をしてきますね』

先ほどまでの議論はどこへやら。何事もなかったかのようにクロエはリグザールへと戻っていったようだ。あいかわらずフリーダムすぎる……。

「よく来てくれた!!　さあ、好きなのを選んでくれたまえ!!」

そんなこんなで俺はグリモワール邸へと到着したが、着くなりいきなり宝物庫のようなところへ連れて行かれ、気が付けば大量の魔道具らしきものに囲まれている。

「これを見たまえ!! これはリグザールの迷宮で見つかった正真正銘、本物のアーティファクトだ!!」

そう言ってソリド・グリモワールが見せてきたのは、非常に見覚えのある物だった。

「何に使うのか未《いま》だに謎に包まれているが、きっと物凄《ものすご》い魔道具に違いない!!」

「……いや、どう見てもただのジューサーだろ」

「ジューサー? 君はこれがなんなのか知っているのか!?」

「コードが付いてないから多分魔石で動くんだろうけど……やっぱり下に魔石を入れる場所があった。期待しているところ悪いが、これは野菜や果物を粉砕する調理用の機械だ」

「調理用の魔道具!? アーティファクトにそんなものが!?」

リグザールの学院迷宮でもマヨネーズとか出たくらいだし、恐らくリグザールの迷宮はそういったアイテムが多く出るのだろう。だが日本人が設定しているとして包丁が出てきたらヤバいということだけは分かる。きっと投げたら即死ダメがでるだろうからな。

「しかし、君はなぜそんなことを知っているのだ? このアーティファクトを見たことが?」

「ああ、以前見たことがあった。ただそれだけだ」

「そうか……さすがは凄腕のハンターだな。その見識の深さに驚かされる。そうだ!! 他の使い道のわからないアーティファクトも見てもらえないか？」

「いや、そんな暇ないいんだけど……っていうかなんで俺ここに連れてこられたの？」

「む？　言ってなかったか？　国を救ってくれた君に謝礼を渡したいが、何を贈ればいいかと迷ったところ、娘から君が魔道具好きと聞いてな。その謝礼をうちの宝物庫から選んでもらおうと思って連れてきたのだ」

「……別に特別魔道具好きってわけでもないいんだけど」

「なにい⁉　ど、どういうことだ？　ドリス⁉」

「え？　そ、そんなはずは……馬車であんなに熱心に魔道具を見てらしたのに……」

「馬車で？　そもそもどこに魔道具があったのか知らないいんだが……」

「そんな⁉」

俺の言葉を聞いて、ドリスががっくりとうなだれてしまった。なんか悪いことをした気分になる。

「あー別に魔道具が嫌いというわけでもなくてな、どちらかというと好きな方だぞ？」

「やっぱり‼　キッド様はきっとそうだと思っておりました‼」

ドリスが急に元気になった。わかりやすい娘だなあ。まあ、素直な娘なんだろう。

「だけど選ぶのに時間がかかりそうなんで、帰って来てからでいいかな？ドクの娘を助ける約束をしてるから

「もちろんキッド殿の好きな時でかまわないよ。グリモワール——いや、イストリアはいつでも君に門戸《もんこ》を開いている」

ソリドは、なんかこういう時だけは威厳のある大貴族、グリモワール家当主って感じがしてずるいな。いつもはただの魔道具好きのおっさんなのに。

「その時は存分に魔道具について語り明かそうではないか!!」

やっぱりただの魔道具オタクのようだ。

「先に俺の家に行ってもらえるのはありがたいんだが、いいのか?」

「治す手段があるのに躊躇《ちゅうちょ》したせいで、到着する一日前に娘さんが死んだとして、お前後悔しないのか?」

俺の言葉にドクは唇をかみしめた。

「すまねえ、旦那。娘が助かったら、俺は一生アンタに忠誠を捧げるとこの剣に誓おう」

「俺、実は嫁が多いんで、できたら息子も作って俺の子供にも仕えさせてくれよ」

俺の言葉にきょとんとした表情を浮かべた後、ドクは大笑いして頑張ってみるよと約束してくれた。

グリモワール邸を出て、ドクと二人でシャルが泊まっていた宿へと戻ると、宿の前に見慣れた三人が立っていた。

「遅いわよキッド。この私を待たせるなんていい身分ね!!」

「申し訳ありません、キッド様。お嬢様はこういう旅は初めてですので、楽しみで仕方がないのです」

「ち、ちょっと!? エペ何言ってんのよ!? 私はそんなつもりじゃ……」

いつも通りのテンションの高いレアとお付きのエペ、そして無言で後ろに控えるクロエがそこにはいた。実際に宿に泊まっていたのはシャルなので、この二人は宿に入らず、ここで待っていたのだろう。

「この二人が旦那の嫁か?」

「三人ともだな。あと四人いる」

その言葉に、なぜかクロエが驚いて感激したような顔になり、一瞬で俺の後ろに回り込んだと思ったら腕に絡みついてきた。

「もう、マスターはそうやって急にデレるんですからっ!! 誘ってるんですよね? そうですよね!? そうに決まってます!! ではせっかくなので今からしましょう!!」

「落ち着け!! クロエ、ステイ!!」

はあ、はあと興奮するクロエを必死に宥《なだ》めて、レア達と協力してなんとか腕から引き離す。

「クロエっ落ち着いて!! こんな朝っぱらから何してんの!?」

「クロエさん落ちついてください!!　往来の真ん中で何してるんですか!!　あっちょっと服を脱がないで!!」

メイド服を脱ぎだそうとするクロエを、レアとエペが必死に止める。

「……旦那も大変だな」

「わかってくれるか……」

ドクと視線を交わすが、それだけで苦労がわかってもらえたようだ。

しばらく美少女達はもみ合っていたが、ようやくクロエが落ち着いた。

「大変失礼しました。普段デレないマスターがデレたので、これはいけるとつい興奮してしまいました」

「いや、別にデレてないだろ……」

「いや、デレてましたよ!!　普段私には辛辣《しんらつ》なのに嫁って断言してたじゃないですか!!　これはもうデレてるでしょ!!　やるしかないでしょ!!」

……駄目だ。言葉が通じない。俺の周りはなんでこんな奴ばかりなんだ。

「愛されてるなあ、旦那」

「これを愛と呼ぶのなら、俺は愛などいら――」

そこまで言って俺は口を閉じた。クロエだけでなくレアとエペからも、その笑顔からは想像もつかないような尋常でない殺気を感じたからだ。

「キッド？」

「キッド様？」

「マスター？」

「あっはい、すいません。愛されててうれしいなあ」

好いた女に男は勝てない。そして夫は嫁を立てていれば、家庭内は平和である。そして嫁からの愛を疑ってはいけない。冗談でも愛などいらないなどとのたまってはいけないのである。まだ結婚したわけではないが、短いながらも女性と生活した上で学んだことだ。


さて、状況を整理しておこう。

まず今の第一目的はドクの家に向かい、ドクの娘をエリクサーで治すこと。

その後、イストリアの封印迷宮を調査する。学院の迷宮で調べた結果から、一番暴走する可能性が高いので最優先である。

最後にストゥルトゥスの迷宮、または黒幕達の対処。教国関連は後回しでいいだろう。

となれば、パトリアからすぐ戻れるようにシャルをここに残したままだった方がいいかもしれないが、結局迷宮攻略にドクを連れていくだろうから、置き去りにして転移で帰ることは意味がないので、結局転移以外で帰るならシャルをここに残していく理由もない。

そもそもアンジュやアイリを嫁に貰《もら》う以上、住むのはリグザールかイスピリトになるだろう。現に今リグザールやイスピリトに家を貰うという話があるので、新居としてどちらかに住む確率が高い。

そうなれば配下として連れていくドク一家も引っ越してもらうことになるので、転移でここイストリアに戻るということはしないだろう。現状リグザールに住む確率が高いし、もう一つの候補であるイスピリトもリグザール経由で行くしかないため、どう考えても一旦ドクの家族はリグザールに来てもらった方がいい。

金を稼ぐ手段はいくらでもあるので、家族以外にドク一家とトマ兄妹の面倒くらいは見られるはずだ。

「ドク」

「なんだい旦那？」

「リグザールに一家で引っ越せるか？　もちろん住むところは保証する」

「……いや、まあ別に引っ越せるけど。元々迷宮が近いって理由でパトリアに住んでたから、俺も嫁も特にこだわりはないし」

どうやら引っ越しに問題はないようだ。

「さて、それじゃあ出発するか」

「旦那、馬車は用意してるのか？」

「馬車なあ。本当は馬車の中でレア達とイチャイチャしながら、のんびり行きたいところなんだが……」

「ば、馬鹿!!　何言ってんのよ!?　ばば馬車の中でなんてそんな……」

「お嬢様。顔が赤いですよ。何を想像しているのですか？」

「ううう、うっさいエペ!!」

「入れっぱなしにしてるだけで、馬車の振動で凄《すご》いことになりそうですね」

「入れっ……」

　クロエの言葉に、レアはさらに顔を赤らめて固まってしまった。ずいぶんやってるのにまだ純情なままなのは、こちらからしても非常に興奮させる要素だ。やはり反応がいいと、こちらも興奮するのだ。

「ちなみにマスターが一番手を出している回数が多いのはレアですよ」

「嘘《うそ》!?」

「薬で暴走状態とはいえ、無意識にレアに向かっているようなんですよね。恐らくマスターの好みのタイプなんだと思いますよ」

「わ、私が……一番……」

「特に暴走状態の時は、真っ先にそして執拗《しつよう》にレアとエペを狙いに行きますからね」

「え？　わ、私もですか？」

「恐らくギャップ萌《も》えというやつだと思いますよ」

「ギャップ？　なんですかそれ？」

「レアは普段強気で、マスターにもツンケンしてるじゃないですか？」

「う……そ、そんなことないと思うけど……」

「それがベッドの上だとおとなしくて、可愛らしく従順になるんですよ。恐らくそこがマスターを刺激するんでしょうね」

「そ、そう……なの？」

「同じくエペも普段は凛々《りり》しい騎士っぽいのに、ベッドの上だと可愛らしい少女になるじゃないですか」

「そ、そのようなことありま……せん……よ？」

「だから二人揃《そろ》った時はもうマスターは発狂状態ですよ。意識飛んでる二人の上で腰を振り続ける姿は、まさに性の獣と書いて性獣でした」

「あの……本人を前に性癖暴露はやめていただけると助かるのですが……」

「本来、正妻になるアンジュ、アイリの二人のどちらかが最初に孕《はら》む予定なのに、執拗にレアに出しにいくんですよね。この鬼畜マスターは。どんだけレアを孕ませたいんですか」

　そうは言われても薬で暴走している俺に意識はほとんどないので、全くわからないんだが。ちなみに、クロエのその言葉を聞いたレアは顔を真っ赤にして俯《うつむ》いてプルプル震えている。

「そ、その……あ、アンタが私を孕《はら》ませたいって思ってくれるのは嬉《うれ》しいんだけど……一応その、私も貴族だし、その辺りは順序ってものが大事だから……」

貴族的には、正妻に当たる者が最初に孕まないと、さすがにいろいろと問題が出てきてまずいらしい。特に王家の場合など、側室が長男を生んで正室に生まれたのが長女だったりすると、かなりやばい。国によっては内乱に発展する可能性すらあるのだ。

「なあ、とりあえず旦那の子供については後にして、先に進まないか？」

「あっ……すまん。ちょっと話がそれたな。取りあえず徒歩でパトリアに向かうか」

「徒歩で!? 何か月かけるんだよ!!」

「大丈夫だから。近くまでだよ」

そう言って俺は荒ぶるドクを抑え、一行と共にパトリアへと向かうのだった。

56. パトリア

「それで、どうすんだ旦那？」

ボチボチと歩きながらパトリアを目指していると、ドクの口から疑問が漏れる。

「さすがにこのまま歩いては行かないだろ？」

「さあ、どうかなあ」

「嘘《うそ》だろ!?」

「冗談だ」

「……」

俺の冗談にさすがのドクも閉口してしまった。

周りを見れば、嫁である三人も呆《あき》れた顔でこちらを見ている。

見ないふりをして俺はおもむろにカードを使う。

「328セット」

№.328C：飛行機械　何かしらの航空機を作成する。何が作成されるかはランダム。航空機は操縦者の魔力によって動作する。誰も乗っていない状態で十分経過すると消滅する。

そこに現れたのは……。

「飛行機？」

「軽飛行機と呼ばれるやつですね。まあ、一般的にはレシプロ機と言った方が通りがいいです」

「レシプロ？　プロペラついてないんだが？」

「プロペラ機とレシプロ機は厳密には同じではありません。レシプロはエンジンの形式ですから」

「へえ、セスナ機がセスナ社の飛行機ってことくらいしか知らなかった」

「まあ、そんなことはどうでもよくてですね。……わかってますよね？」

「あっはい」

俺は素直に頷《うなず》いた。出てきた飛行機は……どう頑張っても二人くらいしか乗れないやつだった。

「先にマスターだけがこれで行って、後からみんなで転移という手もありますが……」

「いくら信用していると言っても、知らない場所に男と一緒に嫁を置いていくわけにはいかん」

「……なんかマスターは妙な所で男らしいんですよねえ」

「妙なところというか、わ、私は普段も……かっこいいと思う」

レアの言葉は最後の方は声が小さくてわからなかったが、たぶんフォローしてくれたんだと思う。顔を赤くして俯《うつむ》いていたから、恐らく照れていたのだろう。何を言ったのかまでは聞こえなかったが。

「というわけで、次いってみよう」

このカードはコモンらしくたくさんあるので、目的のものが出るまで引き続けても問題ない。まあ、コモンでも、出ないやつはとことん出ないけど。何せ結構長いこと引いてるのに、未《いま》だに引いたことがないやつがあるくらいだしな。

番号が飛んでいるので引いているかどうかはすぐにわかる。何か特殊な条件でもあるのかはわからないが、数枚出ていないやつがあるのは事実だ。番号的にもコモンのはずなのだが……。

「なあ、俺は一体何を見せられているんだ？」

ドクの疑問をスルーして、カードで乗り物を出したり消したりを繰り返すこと三回。ようやくお目当てのものが出てきた。

「いかにもヘリって感じのやつが出てきたな」

「タービン単発の軽量ヘリですね。五人乗りなのでちょうどいいです」

「へえ。なんか前乗ったやつよりは安っぽい感じだな」

「……ちなみに、これでも買えば二億はします」

「にっ!? ……マジで？」

「マジです。レシプロならもう少し安いのですが、ターボシャフトエンジンはアホみたいに高いです。ちなみにこの世界ではどうやって動かしてるのか全くわかりません」

「……ヘリって高いんだな」

「そりゃ高いですよ。航空宇宙工学における現代技術の結晶ですよ。あまりの機構の複雑さから、ヘリコプタ工学なんて専門の学科が存在するくらいなんですよ」

思いの外ヤバい代物だった。まあ、確かにどうやって飛んでるのか理解できないしな。

「ってことで全員乗ってくれ」

「の、乗り物なのか？　っていうかこれどっから出したんだ!?」

「こまけえこたあいいんだよ!!　さっさと乗れ!!」

「うおいっ!!　押すな!!」

怖がるドクを無理やりヘリに乗せる。レア達二人も驚いて固まっているうちに、クロエが強引に乗せた。

「それじゃしゅっぱーつ」

相変わらず操縦はコントローラで可能のようで、俺は普通にボタンを押してヘリを起動させて、まずは少し浮かせてみた。

「うおおおおお!!　浮いてる!?」

「きゃあああああ!!」

「お、お嬢様!?」

思いのほか大パニックになった。

ヘリで飛ぶこと約二時間。

ドクに方向を確認しながら、なんとかパトリア王都近辺へと到着した。近辺といいつつも一キロは離れているが。

「嘘《うそ》だろ……もう着いたのか?」

「うーん……」

「お嬢様、お嬢様!!　到着したようですよ」

飛び立ってすぐに気絶したレアをエペが起こす。

エペは最初こそ驚いていたが、すぐに空の旅に順応し、楽しんでいた。クロエと会話が弾んでいたので間違いないだろう。

ヘリを降りた俺達はそのまま徒歩でパトリア王都へと向かった。降りる前に一応周辺に誰もいないことは確認済みだ。

「リグザールほどじゃないけど結構大きいわね」

王都を見てレアが呟《つぶや》く。こちらからすれば結構どころの騒ぎではない。リグザールが大きすぎるだけで、ここだって十分巨大都市である。

「こっちだ」

入り口で身分証明書の提示を求められたが、学生証で問題なかった。レア達は貴族の証を出すといろいろと問題がありそうだったので助かった。俺は別にハンター証でよかったのだが、まあ皆に合わせておいた。

「ローナ!! 帰ったぞ!!」

ドクは街のはずれの一軒家に着くと、躊躇《ちゅうちょ》なく扉を開けて入った。

「お帰りなさいあなた。そちらの方達は？」

「俺の新しい雇い主とその嫁さん達だ。それよりエミリアは？」

「上で寝ているわ。もうベッドから起き上がるのも辛《つら》そうで……」

「そうか……旦那。頼めるか？」

「ああ。部屋に案内してくれ」

「あなた？」

「大丈夫だ。心配ない」

そう言って、ドクは俺達を娘の部屋へと案内する。

「エミリア」

ドクがドアをノックすると、か細い声で返事があったので部屋へと入る。

「おとうさん」

「エミリア。もう大丈夫だぞ。すぐに元気になるからな」

「??」

ドクがそう声を掛けるも全く意味がわからないようだ。まあ誰だっていきなりそんなことを言われたらわからないだろう。

「150セット」

No.150C：一目瞭然《いちもくりょうぜん》　対象の情報を得ることができる。

「ん？」

エミリアを調べると妙な情報が出てきた。

「これ病気じゃないぞ。呪《のろ》いと毒の両方だな」

「なんだって!?」

調べたステータスを見ると、確かに衰弱の呪《のろ》いと微毒と表示されている。

「衰弱の呪いと微毒ってわかるか？」

「微毒は植物系の弱い毒だとよく現れるって聞いたことはある。衰弱の呪いは迷宮の罠《わな》で見たことがあるが……なんでエミリアが？」

「解く方法はあるのか？」

「毒は症状を抑えることはできる。でも呪いは高位の神官でもいなければ無理だ」

「当ては？」

「ない。少なくとも今のこの都市にはいない」

ということは、以前はいたのだろう。

「エリクサーで呪いは？」

「使ったことないからわからん」

まあそうだろうな。レアすぎて試せる奴がいないのだ。

「俺が来てよかったな」

「え？」

「35セット」

No.35UC：呪術《じゅじゅつ》回復　呪いを解除する。

「２４３セット」

№.２４３Ｃ：完全解毒《げどく》　対象の有害な毒を除去する。

二つのカードを用いて、毒も呪いも解除する。エミリアは光に包まれ、そしてその光は静かに消えていった。

「気持ちいい……あれ？」

そう言ってエミリアは自身の両手を見る。

「なんか、楽になった？」

ドクがこちらを振り向いたので、頷《うなず》いて答える。

「エミリア!!」

「どうしたのおとうさん。痛いよ」

「良かった。本当に良かった!!」

とりあえず間に合ったようで良かった。後ろではなぜかレアとエペが涙ぐんでいる。一応事情は説明してあるから気にしてはいたのだろう。二人とも優しいからな。

「あなたどうしたの？　騒がしいけど……」

「おかあさん!!」

「エミリア？　もう起き上がれるの？」

「うん。このお兄ちゃんが治してくれたの」

「旦那、感謝する。約束通り俺は旦那に一生の忠誠を捧げる」

そう言ってドクは跪《ひざまず》いて剣の柄をこちらに向け、両手で俺にささげた。

『剣を受け取ってドクの肩に剣の平らな面を乗せて軽く叩《たた》いて』

クロエの念話通りに剣を持ち、ドクの肩へと剣を乗せて軽く叩く。

『そのまま剣を反転させてドクに渡して』

立ち上がるドクに、クロエに言われるがままに剣を渡す。どうやらこれが忠誠を誓う儀式らしい。

「へえ、あんた元々平民のくせによくそんな儀式知ってたわね。ちょっと見直したわ」

「騎士の忠誠の儀式ですね。さすがはキッド様です」

なぜかレアとエペからの評価が上がった。カンニングしたみたいでなんか居たたまれない。クロエを見るとニヤアと嫌らしい笑みを浮かべている。くっ!?　弱みを作ってしまうとは……。後で何を要求されることやら。

「とりあえず快気祝いでもしようか。俺が料理を用意してやろう」

「……いや、なんで恩がある方が歓待されないといけないんだ？　普通こっちが用意する

「いいから気にするな。お前は家族と団らんしとけ」

そう言って、俺はクロエと二人で料理の用意をしにキッチンへと向かった。

「とはいっても、何を用意するのですか？」

「デパートで買い溜《だ》めしたはいいが、もったいなくて保存しといたやつを使っちゃおう」

「ああ、あれですね」

クロエが俺の収納から取り出したのは、サシの入りから恐らくA5ランクのステーキ用牛肉である。どこのやつかはわからないので松阪牛（仮）と名付けてある。

加熱用の火の魔道具は備え付けらしいので、これもデパートで買ったフライパンで肉をどんどん焼いていく。味付けは塩とコショウのみ。

もう一つ取り出したのは寸胴鍋《ずんどうなべ》で、コンソメスープの素と大量の野菜を切ってどんどん煮込んでいく。

これはトマトを入れないミネストローネ風のシチューにするつもりだ。ちなみにクロエは信じられない手際の良さで野菜を切って鍋に投入していた。本当になんでもできるやつだ。一家に一人クロエだな。

「一家といってもマスターの家限定ですけどね」

まあ、確かにそうか。他の家に行かれても困る。俺のだし。

「……全く。マスターはそういうところですよ？」

「……？」

「はあ……まあいいです」

よくわからないまま納得された。解《げ》せぬ。

そのまま小一時間料理を続け、サラダなども用意した。全部俺の持ち出しなので、材料はこの世界の物ではない。つまりこちらの世界では完全再現は不可能である。まあ似たようなものはあるかもしれないが。

「うおおおおお!! なんだこれは!!」

「すごおおい!! お肉だ!!」

「これは一体なんの野菜かしら？ それにこのスープは……」

「あんた普通に料理できるのね……」

「本当にキッド様は何でもできますね」

見慣れない料理は異世界人の興味をそそるようだ。

「口に合うかどうかわからんが、食べてみてくれ」

「わざわざエミリアのために用意してもらって文句なんぞ言うわけないだろう。ありがたくいただく」

そう言って、ドクはナイフとフォークを使って豪快にステーキを頬張る。ちなみに食器もこちらが提供している。

「……」

「ん？　どうした？」

なぜか肉を食べた全員が固まって動かなくなってしまった。クロエを見てもやはり心当たりがないのか首を振るばかりだ。

「う――」

「う？」

「うまああああああいいい!!　なんだこれは!!」

「おいしいいいいい!!」

「本当に美味しいわ。一体なんのお肉なのかしら？」

ドク一家には大好評だ。だがレアとエペは未《いま》だに反応がない。どうしたのかと見てみれば、固まって放心している。

「はっ!?　私は一体……」

「!?　わ、私としたことが……あまりの美味しさに意識が飛んでしまったようです」

貴族の二人ですら魅了する。さすがは松阪牛（仮）の威力よ。

「い、一体なんの肉なんだこれは？」

「こんなの王宮の晩餐会《ばんさんかい》でも食べたことないわ!!」

「信じられないくらい美味しい‼」

「エミリアまで喜んでくれて何よりだ。今のところ、これは俺にしか用意できない肉でな。今回特別に出させてもらった──っておい‼　話聞けよ‼」

すでに誰も話を聞いていなかった。全員ガツガツと肉を食べる姿は、さながら餓鬼《がき》のようだ。

「こっちのスープもとてもおいしいわ。なんて濃厚な味なのかしら。野菜も見たことないものばかりだわ」

とりあえずみんな一心不乱に食べていて、テーブル上の食べ物がなくなってようやく、人心地ついたようだ。

「あー美味かった。今まで食った中で一番かもしれん」

「美味しかったね‼」

「ええ。とてもおいしかったわ」

ドク家族には大好評のようだ。

「馬鹿野郎。一番は奥さんの料理だろうが」

「あっ……す、すまんローナの料理が美味くないって言ってるわけじゃ……」

俺の突っ込みに慌ててドクは奥さんに言い訳をする。

「わかってるわ。こんな料理と比べちゃったら勝てるわけないでしょ」

「おかあさんの料理も美味しいよ？」

「ありがとうエミリア」

そう言ってローナはエミリアを撫《な》でまわす。幸せな家族の光景そのものだ。

「こいつってそういうところはちゃんと気を遣うわよね……」

「キッド様は優しいですから」

何やらレア達がぼそぼそと会話しているが、席が離れているためよく聞こえない。きっと悪口だろう。

「マスターのその自己肯定感の低さはある意味才能ですね」

「この世で自分より信じられんものがあるか!!」

「そこまでいくともはやトラウマじゃないですか。何があったんですか」

「爺《じい》ちゃんが……爺ちゃん!! 素手で熊は無理だよ!!」

「マスター!! しっかりしてください。一体何をさせられたのですか!!」

「あ、ああ。大丈夫だ。幼少期に、お前なら大丈夫と熊と戦わせられて死にかけた記憶がよみがえって、ちょっと混乱しただけだ」

「マスターのおじいさまは鬼という言葉ですら生ぬるいですね」

ちなみにその熊は爺ちゃんが素手で一撃で殺した。

俺の心にはその風景が今もトラウマとして残っている。その時爺ちゃんが使った技こそ機雷掌《きらいしょう》である。

食事も一段落したので、食後のデザートとしてとっておきのバニラアイスを提供すると、特に女性陣の喜び方が凄《すご》かった。

「んん!!」

「冷たい!!　美味しい!!」

「なにこれ!?　こんな美味しいもの食べたことないんだけど!!」

「美味しいですね。お嬢様」

ちなみにドクは二口で食い終わっていたので、美味い以外の感想がなかった。

「はあー幸せ」

その後温かいお茶を出して一息入れると、まったりとした感じが流れた。エミリアはお腹《なか》がいっぱいになったのか、うとうとし始めた。

「ちょっとエミリアを寝かしてきますね」

そう言ってローナはエミリアを連れて二階へと上がっていった。

「さて、それじゃ今後について話をする前にちょっと聞きたいことがある」

ローナが二階から戻ったので、確認したいことをみんなに聞いてみる。

「まず、エミリアの毒と呪《のろ》いについて心当たりは？」

「ないな。ローナは？」

「もちろんないわ」

「そもそも症状はいつ出たんだ？」

「正確にはわからん。気づいたのは半年くらい前だ」

「急に体が弱くなった感じがして、寝込むことが増えたんです」

「ふむ。何かその時に変わったことは？」

「特に思い当たることは……」

「まず大きく分けて可能性は二つ。エミリアを狙ったか、無差別か……だ。無差別なら他にも同じ症状の人がいるはずだ。どうだ？」

「そういった話は聞いてません」

「他の子供は？」

「近所でこんな症状が出ているのはエミリアだけです」

「……エミリアはお前達の実子だよな？」

「もちろんだ」

「ならエミリアにしか反応しない何かというよりは、違う要因でエミリアを狙ったと考えるべきだろう」

「反応？」

「何かしらの特殊条件を満たす子供を選別するための何かがあって、それにたまたまエミリアが該当した――そういう可能性もあるわけだが、それだとかなり特殊な条件が必要になる。血が条件なら両親のお前達が引っかかるはずだし、それ以外に何か条件があるとしたら魔力やらスキルだが……持っているスキルに反応する毒や呪《のろ》いなんてあるのか？」

「そんなものは聞いたことがないな。アーティファクトだとしても聞いたこともない」

「だとしたらエミリアを直接狙ったと考えるのが普通だが、それだとやり方が中途半端過ぎる」

「殺すだけが目的なら最初から毒やら呪いやらを使わずに殺してるはずですからね」

俺の推測をクロエが補足する。

「となると、目的がわからん。じわじわと子供を弱らせてドクに対する恨みを晴らすとか、そんな予想しかできない」

「!?」

「あ、アンタよくそんなえげつないことを思いつくわね」

「子供を弱らせて親を苦しめるなんて、さすがに人としての道を外れ過ぎてませんか？」

「恨みつらみというものは、溜《た》まるほどに人の道から外れていくものですよ」

「クロエの言う通りだ。そんな、人としての道理が通じる相手なら、最初から子供に呪いなんて手段はとらんよ」

俺の意見にレアもエペも黙った。理屈が通じないほどの強い負の思いが、恨みなのだ。まあその辺りは人間性によって変わるが。ほんの些細《ささい》なことでも恨みを持つものは存在する。肩がぶつかったとか、酷《ひど》いのになると全く関係ない人に対して自分より幸せだからという理由だけで恨む奴も存在する。

もはや意味がわからないほどだが、どうしようもないやり場のない思いが、そういった負の感情を生み出すのは間違いない。家庭環境などに左右されることもあるが、やはりそういうのはその人が持つ本質的なものが根本の原因であることが多い。

以前こんなニュースが流れたことがある。

ある裕福な家庭の中年兄弟の相続の話であるが、両親ともに立派な人物であり、周りの尊敬を集めていた。その兄弟も教育の賜物《たまもの》か素晴らしい仁徳の持ち主に育った。

ただし長男を除いて。

長男だけはどうしようもない屑《くず》だったそうだ。それで父親が亡くなると遺産を全部自分で独り占めしようとしたそうだが、他の兄弟がそれを認めず、あまりに兄弟としても似ていないため、ＤＮＡ鑑定をしたそうだ。

結果は長男は赤の他人。生まれた病院で赤ん坊を取り違えられたらしい。

取り換えられた本当の長男は、超が付くほどの貧しい生活の中で、まともな教育も受けられず、どうしようもない屑な親兄弟に囲まれながらも仁徳のある素晴らしい人物だったそうだ。

どんな家庭環境で育とうとも、持って生まれたモノがその人物を作ることもあるという例である。

「まあ、親の教育が洗脳みたいになって道を外れるなんてこともあるけど、それでも恨んでいる相手の子供を苦しめるなんて発想になるやつは相当やばいぞ。心当たりあるか？」

「さあなあ。傭兵《ようへい》の時なら恨みはたくさん買ってるだろうけど、ハンターやっててそこまで恨みを買うようなことはしてないと思うが……」

ドクが傭兵になったのはエミリアが呪《のろ》いを受けた後である。つまり傭兵時代での恨みではない。また、ハンターなんて人と競うものでもないし、競ったとしても先を争うとかくらいで、殺し合いみたいなものに発展することはごく稀《まれ》だ。何せ相手は人ではなく魔物だからだ。

「何か他のやつらとアーティファクトを取り合ったとかそういうのは？」

「直接取り合ったことはない。俺達はそもそも強かったから共闘もほとんどなかったし」

「となると、ドクかローナに対する個人的な恨みって線しか考えられない……が……」

「ん？　どうした？　何か思いついたのか？」

「ローナ」

「なんでしょう？」

「最近になってエミリアに近づいてきた知り合いはいない？」

「知り合いですか？」

「そう。最近になって急に来た人」

「うーん、思いつきませんね」

「最近というか、ドクが傭兵として出かけてから急にエミリアとローナに近づいてきた人。あ、今まで会ったことがない人じゃなくて、知り合いだったけどあまり近しくなかったのに急に接近してきたっていうか、距離が縮まったなって人」

「それだとフェアくらいかしら？」

「フェア？」

「元俺達のクランの仲間で俺の親友だ」

「ああ、じゃあそいつが一番怪しいな」

「あいつが!?　そんなはずはない!!　そんなことをする理由がない!!」

「そのフェアってやつがローナに惚《ほ》れていたとしたら？」

「え？」

「どうしてもローナが欲しくて魔がさしたとしたら？」

「そ、そんなことは……確かにあいつはローナに惚れていたが……」

「でも彼は結婚するときにも祝福してくれたわ」

「どんな思いで祝福したんだろうな」

「え？」

「好きな人が親友に奪われるってどんな気持ちなんだろうな」

その言葉に、ドクもローナも青ざめた顔で固まってしまった。

「少なくとも俺なら、レアやエペが大和や王子に嫁いでいったら、間違いなく心が壊れるだろうな」

「キッド……」

「キッド様……」

「でも例えそうなったとしても、子供を殺してまで苦しめようとは思えない。どれだけの恨みがあればそこまで思えるのか想像もできん。元々ローナがそいつの恋人でドクが寝取ったとか？」

「そんなことしてねえよ!! 俺とローナは幼馴染《おさななじみ》で、フェアとはハンターになってから出会ったんだ」

「じゃあ寝取られ路線はないか。あっ実はローナは最初フェアと付き合ってたとか？」

「そんなわけありません!! 私は夫一筋です!!」

「ローナ!!」

そう言ってドクはローナを抱きしめる。言うまでもなくバカップルである。これで浮気や寝取られの線はないだろう。

「となると、後は完全な横恋慕《よこれんぼ》かストーカーくらいしか想像できんなあ。でもそれなら結婚前にするだろうから、なぜ今になって、ってなるんだよなあ」

「人の心なんて結局他人が考えても理解できるものではありませんよ」

「確かにそうだな。それに引っ越すんなら考えるだけ無駄だしな」

「引っ越しですか？」

「ああ。ドクは俺の配下になったから、家族そろって今の本拠地のリグザールに来てもらおうと思っている。まだイスピリトになるかリグザールになるかはわからんけど」

「あなた？」

「ああ、エミリアを助けてくれたらそうする約束だったんだ」

「それなら仕方ありませんね。娘の命の恩人ですから」

「ああ、準備は手荷物と着替えだけでいいよ。後は家ごと持っていくから」

「え？」

「それより知り合いに挨拶くらいはしといた方がいいぞ」

「……そうですね。では今日中に準備をして、明日挨拶回りしましょうか」

「そうしよう。旦那たちは客間が空いてるからそこを使ってくれ」

「わかった。と言っても俺は荷物とかないからな。準備もいらないし、ちょっと街を見物しようか？」

「賛成!! パトリアって初めてなの。いろいろと見てみたいわ」

「皆さんにお土産を買いませんとね」

「ところでリグザールのお金使えるの？」

「普通に使えるぞ。最近のストゥルトゥスのは無理かもしれんが」

「なんでだ？」

「最近は悪貨が多すぎて商人に断られることが多いんだ」

「まあ悪貨《あっか》は良貨《りょうか》を駆逐《くちく》するっていうしな。仕方がない」

「なにそれ？」

「グレシャムの法則だったかな。例えば同じ銀貨一枚でも銀の含有量が違えばその価値は違う。でも市場で同じ値段で扱われたら誰もいい銀貨は使わないでため込んでしまう。つまりいい銀貨は市場から消えてしまうってこと。ようは悪い人が蔓延《はびこ》ると善人は追い出されていなくなっちゃうってことを意味する言葉さ」

「へえ、アンタよくそういうこと知ってるわよね」

「キッド様は物知りです」

「マスターは知識が変な方に偏ってますからね」

「そういう環境で育ったんだから仕方ないだろ」

基本は祖父母と親父のノートが主な情報源だったからな。だからレトロな知識とか無駄な知識が多いのだ。

「そんなことより早く見物にいこう」

「あなたが街を案内してあげて。旅の準備は私がするから」

「ああ、頼むローナ。じゃあ旦那行こうか」

そういうわけでドクが先導して、パトリア王都探索が始まった。

57. 掘り出し物

「へえ、結構賑《にぎわ》わってるわね」

パトリア王都はまさに異国情緒あふれる街だった。リグザールのように洗練された都会という感じではなく、どこか長閑《のどか》な雰囲気を残しつつ、それでも田舎という感じでもない、まさに発展してる途中というそんな感じの街だ。

「でもなんか雰囲気が……おかしい？」

「確かに妙な違和感を覚えますね」

「それはフードを被《かぶ》っている人が多いせいでしょう」

「ああ、そうか」

クロエの指摘に納得する。この街は妙にフードを被っている人が多いのだ。確かにリグザールにもいないわけではなかったが、これほどの多さではなかった。

「あーそれは恐らく亜人《あじん》だろう」

確か亜人て差別用語じゃなく、単に人とは違った特徴を持つ人類の総称だったはずだ。

「ここパトリアは元々亜人も多く住む多種族の国だったんだ。それが十年ほど前から急に方針転換したみたいに亜人に厳しくなった。それで亜人はフードを被ってばれないようにするようになったって流れだな」

「なるほど。でもそれだとフード被ってたら亜人ってことじゃない？」

「そう言って難癖付けてくる奴を目当てにしたハンターや傭兵《ようへい》なんかがいてな。それで単純にフードを被ったやつを亜人認定してどうこうってわけにはいかなくなったんだ」

荒くれ者のおかげで逆に亜人達が助かる展開になったのか。世の中何があるかわからんものだな。

「それ、恐らく亜人側の苦肉の策かと」

「え？」

「そうしておけば、亜人達としても生活していく手段ができますからね」

「なるほど。水面下での攻防があったわけか」

確かにそう考える方が自然だな。そうでなければわざわざ亜人を狩る奴を狩る理由がない。いわゆるプレイヤーキラーを攻撃するようなものだからな。

「でもそれってさ、脛《すね》に疵《きず》のある奴にもいい条件じゃないか？」

「その通り。パトリア王都の治安は年々悪化してる。だから引っ越しは渡りに船ってわけ」

どうやらいいタイミングでの提案だったようだ。

「ん？　あれは？」

「あ？　ああ、あれは奴隷だ」

「奴隷？　そんな制度まだあるのか？」

「これも十年ほど前から復活したんだ。奴隷の大半は亜人《あじん》だけどな」

「どんだけ亜人迫害したいんだよこの国」

「確かにおかしいわな」

「いや、おかし過ぎるだろ。これって明らかに……」

「恐らくマスターの想像通りですね」

「ん？　どういうことだ？」

「他国が国の中枢に介入してる可能性が高いってこと」

「はあ⁉」

「亜人ってのは仲間ならこの国の戦力だろ？　それを奴隷にしたら反発を生むだけで、利点がないどころか、デメリットの方が大きすぎる」

「国として全力で亜人を殲滅《せんめつ》する方針ならまあ、わからないでもないです。でもそれは国としてもかなり血を流すわりにメリットの方が少ないですし、今のこの街の状態を見る限りそこまでやる意思はないように思えます。となれば、わざとこの程度の迫害に留《とど》めて国を不安定にさせている、と考えた方がいいでしょう」

「つまり、そんな状態を喜ぶのは他国だけってこと」

俺とクロエの予想に、ドクは顔を青ざめさせていた。

「恐らくその奴隷を扱うやつらも他国のやつらだと思うぞ」

「先ほどの奴隷を扱っている者達から情報を得たところ、帝国と教国の両方が入り込んでいるようですね。ちなみにほぼ全ての奴隷が違法ですね」

もう滅茶苦茶である。ちなみにクロエの情報は、分身体を奴隷商人達に付けて記憶をコピーして得たものだそうだ。

「ほんと好き放題してるな。ならこっちも好き放題していいよな？」

「どうするのです？」

「俺はさ、自分が絶対強者だと思ってるやつらをどん底に叩《たた》き落すのが大好きなんだ」

自分がにやけているのがわかる。だがそれを見て周りのみんながドン引きしているのもわかる。

「またえげつないこと考えてるんでしょ？」

「人聞きの悪いことを言わないでくれたまえ。俺はえげつないことなんてしたことないよ？」

レアの言葉に反論するも、誰一人信じてくれなかった。解《げ》せぬ。

「クロエ、奴隷の入手ルートと手段を調べといてくれ」

「了解しましたマスター」

そう言って一瞬でクロエは姿を消した。

「……旦那、あのメイド何者なの？　俺勝てる気しないんだけど」

「絶対服従のはずなのに全く言うことを聞かない侍女だ。ちなみに俺もかなわない気がする」

「絶対服従って一体……」

大丈夫だドク。俺もそれは常々思ってる……。

「わあ、見てエペ。あれ綺麗《きれい》!!」

「本当ですねお嬢様。アレはなんでしょう？」

「あれは迷宮で出たアイテムだな」

その後、いろいろな露店を見て回ると、興味深い物をたくさん見つけたようで、レアとエペが目を輝かせて見ている。

「ここは迷宮が近いから、露店にも迷宮産のアイテムが結構出回るんだ」

「へえ」

パトリアの迷宮といえば、あの鬼畜難易度のあれか？　確か難易度十二万とかいう。ドラゴンでさえ五百だったのに……。

「ドクはその迷宮行ったことあるのか？」

「ああ、もちろんだ。俺のいたクランの主戦場だったからな」

「どういうところなんだ？」

「簡単に言えば……一つの『地域』だな」

「……言ってる意味がさっぱりわからん」

「あーなんて言ったらいいかな。旦那は他の迷宮には行ったことあるか？」

「学院都市のやつなら攻略したことあるぞ」

「ええ!?　キッドいつの間に!?」

「前に学院長の依頼でな」

「そこってやっぱり人の手で作られたダンジョンて感じだったか？」

「ああ」

「パトリアのダンジョンはちょっと特殊でな。そういうのじゃないんだ」

「どういうのだ？」

「平たく言えば……天井とかそういうのはない」

「??　ますます意味がわからん」

「空がある」

「……はい？」

「扉を通ったら、そこには普通の森やら草原やらがあるんだ」

……想像の斜め上を行きすぎだ。

「階層とかもなくて、未《いま》だに全域を調べた者はいない。ボスも誰も見たことがない。故に攻略者も現れない、攻略不可能迷宮なんて言われてる」

「やべえな」

「だろ？　浪漫溢《ロマンあふ》れすぎてるんだあそこ。だって迷宮の中に普通に街とかあるんだぜ？」

「浪漫溢れすぎだろ。『地域』って言った意味がわかったわ」

「都市の中に都市があるような感じなんだ。不思議な感覚だぞ」

「迷宮都市の中の都市には魔物とか発生しないのか？」

「迷宮の中には安全域ってのがあって、そこには魔物は発生しないんだ。そこに街が作られてる」

「なるほどな」

「いちいち上に――迷宮の外のことを『上』っていうんだけど、そこに戻らないでいいから結構栄えてるぜ」

「やばいな、めっちゃ行ってみたい」

「旦那ならそう言うと思ったぜ」

そう言って、ドクはしてやったりといった顔で笑う。

「騒動が落ち着いたら行ってみようぜ。俺ならリグザールからでも通いで行けるから」

「……マジかよ。旦那滅茶苦茶すぎるだろ」

転移すれば行き来も楽だしな。難易度十二万か……燃えてきたな。

「私も行ってみたい!!　今度みんなで行ってみましょう!!」

「はい、お嬢様」

だが、誰かを残さないと転移で戻れないからな。誰かは留守番になるんで交代制かな。

その後、露店の物をいろいろ見て回る。気になった物はどんどんと購入していった。

「ん？　なんだこれ？」

一つ気になるアイテムが露店に並べられていた。

「ああ、それは迷宮ではよく出る使い切りアイテムだよ」

それはテニスボールくらいの玉だった。鉄製に見えるが非常に軽い。

「魔力を溜《た》めると、その量に比例した威力で破裂して、周りにダメージを与えるんだ」

聞けば一度だけ魔力を込めることができ、その後衝撃を与えると破裂するんだそうだ。

しかし、いろいろと条件があるようで、まず同一人物の魔力でなければならない。そして魔力を込め始めてそれが止まったらそこで溜めるのは終了で、後から追加はできない。つまり一人が限界まで入れるのが最大威力となる。そのため、あまり破壊などに使われることはなく、せいぜい目くらましや牽制《けんせい》くらいらしい。

「全部くれ」

「は？」

「在庫も含めて全部くれ」

「ひゃ、百以上はあるが……」

「金貨一枚で足りるか？」

「じ、十分だ。どうやって持って帰る？　箱ごといるか？」

「箱ごとくれ。家に届けてくれるか？」

「ああ、案内してくれればこちらで運ぼう」

「ドク」

「わかった。家へ届けてくれ。案内しよう」

そう言ってドクは店の主人と一緒に先に自宅へと戻っていった。

「またアンタはよくわからないものを……」

「お嬢様。男の方はこのようなものらしいですよ」

「そうなの？」

「クロエ様曰《いわ》く、男と少年の違いはおもちゃの値段だけだそうです」

「言い得て妙ね」

なぜかそれでレアは納得してお土産の吟味《ぎんみ》に戻った。それからもいろいろと買い物をして、アンジュ達へのお土産ももちろん購入して、帰る頃にはもう日が傾いていた。

ドクの家に戻ると、山のように積まれた箱の前でドクが頭を抱えていた。

「旦那。このおもちゃどうするんだ？」

「とりあえず部屋の隅にでも置いておいてくれ」

クロエが帰ってきたら収納してもらうつもりである。収納カードを使わないで操作できるので、最近はもっぱらクロエ頼みである。

「ただいま戻りました」

そうこうしているうちにクロエが奴隷商の調査から戻ってきた。

「またとんでもないものを手に入れてきましたね」

クロエにはこれのヤバさが理解できているようだ。

「これのこと？　おもちゃじゃないの？」

「許容量次第ですが、少なくともマスターが使えば一つで山を吹き飛ばせるかと」

その言葉に全員が言葉を失った。

「こ、これそんなにヤバい代物なのか？」

「使う人次第です。使う人が規格外ならアイテムも規格外になります。こういう系統をマスターや魔導戦鬼のメリルが使ったら大体大惨事です」

平然とそう言うクロエに、なぜかドクは納得した表情を見せた。メリルと会ったことがないレア達も、名前を俺と並べられた時点で納得したようだ。解《げ》せぬ。

とりあえずテストは明日やることにして、全部クロエに収納してもらった。

ちなみに夕食はドクの奥さんであるローナの手作りであった。素朴なパトリア郷土料理のスープであり、冬が寒いパトリアならではの辛いスープであった。エミリアにはもちろん、辛くない別のスープが作ってあったようだ。

「で、どうだった？」

「面白いくらいに真っ黒ですね」

食後にクロエに調査報告を聞いてみるとそんな言葉が返ってきた。

「まず王都内に奴隷商が三つほどありますが、そのうち二つが帝国が黒幕で一つが教国でした」

やはり他国の介入案件だったようだ。

「奴隷の方も酷《ひど》いもので、ほぼ全て誘拐された者ですね。人族の借金奴隷すら非合法で、いわゆる詐欺です」

「……この国滅茶苦茶すぎん？」

「恐らく中枢部に入られているのでしょう」

もちろんスパイのことである。

「まさかこの国がそんなことになってるとは……」

ドクもショックのようだ。まあ無理もない。住んでいる国がそんなことになっていれば誰だってショックだろう。まあ日本も大して変わらない状況だと思うけど。

「それで捕獲してくるルートは？」

「基本的に亜人《あじん》は、住んでいる北の森で狩られていますね。人族の場合は、周辺の村や街道での盗賊達による誘拐が多数かと」

「……この国世紀末すぎんか？」

「消毒されない限りマシなんでしょうね」

文明が進んでないのがいいことなのか悪いことなのか……。難しいところだ。

「まあそういうわけなら……嫌がらせしてもいいよね」

俺の満面の笑みに、なぜか全員が顔を引きつらせる。

「これ絶対ろくでもないこと考えてるわ」

「キッド様のことですからね」

「旦那だからなあ」

「マスターの性格なら、即死はさせずにじわじわと嬲《なぶ》り殺すはずです」

みんな言いたい放題である。

「ところで奴隷って見たことないんだけど、どうやって従わせてるんだ？」

「『隷属《れいぞく》の首輪』というアイテムを使うらしいです。元はアーティファクトらしいですが、今出回っているのはその簡易版らしいです。主な性能は、首輪とセットになっている『腕輪』を持つ者からの洗脳効果ですね。あまり強力ではないらしく、忌避感が強い命令には従わないこともあるそうです」

「それってつまり忌避感なければなんでもやるってことじゃないの？」

「まあぶっちゃけそうなります」

やばすぎアイテムきたな。

「それ王様に着けたら、国をやりたい放題じゃない？」

「着けられたらそうでしょうね。まあ目立つのですぐばれるでしょうが」

「首元かくして王様命令って言えば、操ってなんでもできるんじゃない？」

「だから王族は必ず首を見せる服を着てるんですよ」

「へえ、そうなんだ」

隷属《れいぞく》していないという証明のために、王族は必ず公の場では首を見せるんだそうだ。知らなかった。確かに今まで見た王族はみんな首が見えてたな。まさかそんな理由があったとは……。

「ちなみに隷属の首輪は基本使い捨てなので一度着けたら外せません」

「それって解放できないってこと？」

「そうです」

「……それやばすぎない？」

「なので首輪を着けられた者は人生を悲観して自殺を図ることが多いです。その結果、余計に洗脳されやすくなります」

「……よくできてるなあ。考えた奴天才だろ」

「間違いなく人でなしですけどね」

それには同意せざるを得ないが。

「まあ人でなしなら俺も負けてないし」

「それには全面的に同意ですね」

「そこは否定しろよ‼　従者でしょ‼」

冗談で言ったつもりだったのに全面同意に思わず突っ込む。

「確かに人でなしですね。どちらかというと獣《けだもの》というか性獣というか」

「確かにそうですね」

心当たりがありすぎるので反論できない。

「とりあえず奴隷は全部解放するとして、移動手段どうしようかなあ」

ここから亜人《あじん》が住む北の森まで馬車でも半日かかるそうだ。半日が何時間かはわからないが、五時間くらいとして、馬車を時速五キロと考えると約二十五キロくらい離れているだろうか。さすがに歩くのには厳しい距離だ。

「まあ、なんとかなるか」

一応手段は思いついたんでそれを試してみよう。

「本当にこの一部屋でいいのか旦那?」

「ああ、問題ない」

その夜、客間に俺達四人を案内したドクが、心配して部屋にやってきた。大人四人を一部屋に詰め込むのだ。しかも相手は自分の主人である。気にするのも仕方がないだろう。

しかもベッドはシングルが一つである。

「キッド様……」

しかし、この二人はなぜか目がトロンとしている。人の家でお構いなしにやる気か!?

「178セット」

№178C:簡易宿泊　指定の場所に入り口を設置し、そこから簡易宿泊施設に移動することができる。術者以外に扉を開けることはできない。扉を開けてから最大で二十四時間しか滞在できない。二十四時間経過すると自動的に部屋から退去させられ、部屋は消滅する。

おもむろに部屋の壁に向かってカードを使う。すると壁に扉が現れた。中に入るとシングルベッドが二つにソファとテーブルのある部屋だった。

「なにこれ!?」

「部屋の中に部屋が!?」

中に入ったレアとエペが感嘆の声を上げる。

「よいせっと」

俺はシングルベッドを移動させて、二つをくっつけて並べた。

「きゃっ!?」

「キッド様!?」

そして二人を担ぎ上げるとベッドの上に放り投げる。

「頂きます」

「え？」

「ええ!?」

朝まで二人を美味しく頂きましたとさ。途中で三人になってたが。

「おはようございますマスター。昨夜はお楽しみでしたね」

「そのお楽しみに参加していたメイドが言っていい台詞《せりふ》ではないな」

朝、起きぬけのクロエの台詞に思わず突っ込みを入れる。見ればクロエはすでに服装も整えて、メイドとしての戦闘準備万端のようである。

「それでは朝食の準備を手伝ってきます」

そう言ってクロエは部屋から出て行った。術者しか開けられないはずなのに普通に開けてったなあいつ……。

「う……ん」

両隣を見れば、一糸まとわぬ姿でレアとエペがそれぞれ寝ている。タオルケットが一枚かかっているだけなので、ところどころ素肌が見えて非常にエロティックである。

「レア、レア。起きて。朝だよ」

「んー」

優しく起こそうとするも全く起きる気配がない。まあ、つい先ほどまで頑張っていたので無理もない。

「起きないといたずらするぞー」

そう言いながら胸を揉《も》みしだく。

「ん……んん」

片手は胸を揉みつつもう片方の手は下半身へと伸びていく。

「あっ……んっん？」

どうやら意識が戻ってきたようだ。

「もう、あれだけしたのにまだするの？」

大分覚醒してきたようだが、まだ完全覚醒には至らないようだ。しょうがないのでもっと激しく責め立てることにする。

「あっこらっだめっあああ!!」

レアはビクンビクンと一瞬体が震えた後、肩で息をしだした。どうやら達したらしい。

「もう朝だよ。起き――」

「もう、馬鹿。こんな朝っぱらから……」

そう言ってる途中で顔を見れば、顔を赤らめて上目遣いでこちらを見ていた。

「レアっ!!」

「こらっ!?　起きるんじゃないの!?」

「お前が悪いんだ!!」

「え？」

「お前が可愛すぎるのがいけない」

「ちょっ馬鹿っ!!　ああぁっ!!」

結局その後エペも加わり、クロエが呼びに来るまで盛《さか》ってしまった。

「全く……マスターは相変わらず猿なんですから。早く着替えてください」

クロエに説教されながら俺だけ先に着替えて下へと下りた。レア達はそれはもうドロドロのグチョグチョなのだが、クロエが着替えとかいろいろ手伝っているので後から下りてくるだろう。

「おはよう旦那。よく眠れたようだな」

「いや、むしろ全然寝てないぞ」

「そ、そうか。やっぱ寝心地悪かったか？」

「いや、単純に嫁達が可愛すぎて朝まで頑張りすぎただけだ」

「!?」

「朝まで──すげえな旦那。三人を同時にか？」

「もちろんだ。いつもならあと四人いる」

「よっ!?」

「化け物すぎるだろ……」

ドク夫婦がそろって驚愕《きょうがく》する。

「あー旦那」

「わかってる。お前の嫁に手を出すことはないから安心しろ。そもそもどんな美人でも俺は他人のものには一切興味がわかないんだ。興味どころか拒否反応すら出るくらいに嫌なんだ。だから他人の嫁に手を出すことはあり得ない」

「ふう。そう言ってもらえると安心だ」

「そもそも他人の女に手を出すってことが信じられん。例えどんな好みの見た目をしてても、言い寄られたとしても、嫌悪感が先にきて絶対手なんて出せんよ俺」

「罪悪感ではないんだな」

「相手に悪いと思う以前に、なんか気持ち悪いって感情が出ちゃうな。こと恋愛に関しては潔癖なところがあるのかもしれん」

「へーそういうもんかね。俺は嫁一筋なんで、難しく考えることもないが」

「お前が愛妻家なのは見れば分かるよ。一応俺も愛妻家だぞ？　たくさんいるが、誰一人粗末に扱った覚えはない」

「まあ三人同時に朝まで相手できるくらいだからそうなんだろうけどよ。俺にはとても無理だな」

「俺だってこんなことになるなんて、つい最近まで思ってもみなかったんだ」

そう言って遠い空を眺める。なんでこうなったんだろう。

「……まあ、旦那にもいろいろあるんだろうな。それより嫁達はどうした？」

「昨日頑張り過ぎたんで今着替え中だ。すぐ下りてくるさ」

「あーそうか」

ドクとローナは気まずそうに視線を逸《そ》らした。他人の情事なんぞ気にしたくもないだろう。

「おはよう」

「おはようございます」

しばらくするとレア達三人が降りてきた。ちなみにその際にローナがエミリアを起こしに行き、これで全員がダイニングにそろった。

「お兄ちゃん達おはよう!!」

「おはよう。エミリア元気になってよかったね」

「うん!!」

エミリアはもう起き上がっても大丈夫なようだ。顔色を見る限り健康そのものである。

その後、朝食を摂りながら今日の予定について話す。

「ドクとローナは挨拶回りと買い出しをお願いしたい」

「買い出し？」

「主に食料だな」

「来たときみたいにあっと言う間じゃないのか？」

「俺達はな。ちょっと食料が入り用なんで、挨拶回りより先にお願いしたい」

「わかった。買った後はどうする？」

「この家に運んでくれ」

「了解した」

「私達は？」

「留守番」

「ええー!!　なんでよ!?」

「本当はお前らが買い出し担当だったんだけど、お前らは買い物無理じゃん」

昨日のお土産選びの際にもわかったが、こいつら貴族だけあって金銭感覚がおかしい。とても日用品や食料の買い物なんぞ任せられない。

「家でエミリアと遊んでろ」

「ぶーぶー」

「ふてくされても可愛いだけだぞ」

「!?　……ばか」

つい本音がでてしまったが、聞いたレアは顔を真っ赤にして俯《うつむ》いてしまった。相変わらず可愛い奴である。

「クロエは一番忙しいから後で説明する」

「了解です。マスター」

その後、ドク達に金を渡して俺とクロエは昨日の部屋へと移動する。

「クロエは姿を変えて、奴隷を買い占めてきてほしい」

「逃がすんですね。買い取り後はどこへ？」

「北の門から出て少し北へ行った所へ集めてくれ」

「わかりました。お金はどうしますか？」

「今からつくる。金を全部出してくれ」

俺は全硬貨の入った袋をクロエから渡され、右手に持った。

「78セット」

№０７８ＵＣ：物体複製　対象を複製する。カード、生物以外の物体のみ対象にできる。起動時に対象に手を触れていなければならない。

するとと左手にも同じ袋が現れた。混ざらないように本物をクロエに渡して収納してもらい、左手にできた袋の中身を確認すると、白金貨と大量の金貨が入っていた。それを持ってもう一度カードを使うと、また袋が増える。それを繰り返すことで大量の偽硬貨を生み出した。

「まさか……なんてえげつない方法を……さすがはマスターですね」

「全く褒められてる気がしないんだが……」

このカードで作った偽物だが、以前テストして、作成から一日で消えることを確認してある。つまり狙うのは奴隷商への経済攻撃である。そもそも白金貨や金貨なんぞ日常で使うようなことはないので、一般市場への影響は少ないはずだ。主に奴隷商を狙い撃ちにした作戦である。

「姿はどうしましょうか？」

「あのストゥルトゥスのアホ王子に付き添ってたあいつでいいんじゃね？」

「ああ、アレですか」

そう言ってクロエはアズラクと呼ばれていた男へと姿を変えた。

「それで奴隷を全部買ってきてくれ」

偽金を渡すと、クロエはその場から姿を消した。いつも思うんだがどうやってるんだろう？　あいつには謎が多すぎる。そんなことを思いつつ、俺は下の部屋に下りて、エミリアと一緒に遊んで時間を潰していた。

その後、ドク達が買い物を終えて帰ってくると、その食料は後でクロエに収納してもらうことにして、そのまま北門へと向かった。まだ奴隷達は来ていないようで、俺はそのまま道から外れた雑木林でのんびりと昼寝でもしようと木に上ると、なにやら騒がしい声が聞こえてきた。

「ん？」

見れば大勢の人達が歩いてくる。頭上の耳を見る限り、人族でないことがわかる。

「思ったよりも時間がかかりましたが、全て買い占めてきました」

「ご苦労さん」

「では」

そう言ってアズラクの姿をしたクロエは、腕輪を俺に渡して姿を消した。恐らくこれが「隷属《れいぞく》の首輪」とセットになっている、主人と認識する腕輪なのだろう。

「まずお前達に聞きたいことがある」

ほとんどが死んだような眼をしている亜人《あじん》達。中には子供の姿もある。

「帰りたいか？」

その言葉に一部の者が反応する。

「帰ったところで!!」

一人の男が叫ぶ。洗脳があまり効いていないのだろうか？　青い犬っぽい耳をした男はこちらを睨《にら》んでいる。強い洗脳効果で、腕輪を持つ主人には絶対逆らえないと聞いてはいたが、こちらを睨みつけているその姿は、今にも襲いかかってきそうである。

「首輪外せるぞ？」

「!?　そうやって騙《だま》そうたってそうはいかない!!　隷属の首輪は死ぬまで外れることはな

い!!　そんなの誰だって知っている!!」

　その言葉を聞いた女の子や小さな子供達が、少しだけ希望を持った表情から絶望した表情へと変わった。

「まあいいや。その説明は後で。で、帰りたいかどうかだ。逆に聞こうか。家に帰りたくない者は？」

　そう言うと、なんと三人ほどが手を挙げたのだ。しかも全員女性で、亜人《あじん》ではなく人族である。

「私達母娘は貴族に無実の罪をきせられて奴隷にされました。戻ったところでまた奴隷にされるだろうし、もうあの村には戻りたくありません」

　そういう女性はまだ若い美人で、その美人に両サイドからぴったりとくっついている十歳くらいの女の子二人は、お母さんそっくりの双子《ふたご》のようだ。

「他の人は北の森出身ってことで合ってる？　そこ以外の奴はいる？」

　誰も反応しないので、もれなく北の森出身のようだ。

「46セット、354セット」

No.046UC：激運招来　五秒だけ運を劇的に上げる。

No.３５４C：四輪車両　魔力で動く四輪車を作成する。どんな車両ができるかはランダム。車両は一度動かすと、五分間同じ場所に停止したら消滅する。

その場に現れたのは大きなバスだった。

「な、なんだこれ⁉」

奴隷達は騒然としていた。あまりの出来事に洗脳が解けかかっているようだ。

「さあ、乗ってくれ。どんどん詰めてな」

六十人はいるであろう奴隷達をどんどんと乗せていく。恐らくこれは六十人乗りの大型バスなので、ぎりぎり全員乗れるだろう。

「じゃあ出発するぞ」

「⁉　う、動いた⁉」

バスは奴隷達を乗せて一路北へと向かった。見たことのない者にとってその姿は強大な魔物にも見えるようで、すれ違う人達からは恐れられていた。まあ、少し離れた場所をすれ違うだけなので、襲ってくるような奴らはいなかったが。

「で、お前等はどこで攫《さら》われたんだ？」

話を聞いてみると、ほぼ全員森の中で攫われたらしい。ただ、森の中といっても場所はマチマチのようで、一旦どこかの拠点に運ばれて、そこからさらに王都へ運ばれてきたようだ。

「拠点てのはどこかわかるか？」

「詳しくはわからんが、どこか普通の村のようだった」

つまり奴隷商の住む村ということなのだろう。立地的に攫《さら》われた場所が森ならば、森と王都の間にあるはずである。ならばどうするか？　森とその村の間に障害を置けばいい。

そんなことを思いつつ俺はバスをひたすら北へと走らせた。ちなみに人族の母娘三人もとある理由で乗っている。最終的にはドクの家に一緒に連れていくつもりではあるが。

「人族が憎いか？」

「……」

誰も答えない。まあ憎いに決まってるわな。

「今、お前達を迫害してるのは元々この国の奴らじゃないぞ」

「!?　なぜわかる？」

「お前達はさ、種族は違えど、この国の民として認められていてたんじゃないのか？」

「そうだ」

「つまりこの国が戦争になった時、協力する立場だった。違うか？」

「もちろんだ」

「つまりそういうことだ」

「どういうことだ？」

「お前達とこの国を仲たがいさせれば、この国の戦力が落ちる。そしてお前達を奴隷として自分達が使えば、自分達の戦力が増える。他国からしたらいいことずくめじゃないか」

「!?」

「……だからこの国の奴らを恨むなと？」

「いんや、この国の奴とかじゃなくて、お前らをこんな目に遭わせた奴を恨むのは全然間違いじゃない。だが以前のままお前達と親しい奴らだっているはずだろ？　それを一括《ひとくく》りに人族だからと恨んだら、お前達をはめた奴の思惑通りってことになる。そんなの面白くないだろ？」

「確かに」

「じゃあそいつらが一番嫌がるのは何か？　前の状態の国に戻ることだ」

「だがそれは……」

「まあ、一筋縄じゃいかないだろうな。かなり国の中枢に入り込まれてるみたいだし。だがこれ以上、北の森の奴らが攫われなければ、少なくともあいつらの戦力は増えないし、お前らの恨みがこれ以上募ることもないだろう？　だって接点がなくなるんだから」

「それはそうだが……」

「この後、北の森とその境目を完全に分断する」

「⁉　どうやって？」

「森の南側一帯を守る守護獣を置く。近寄ったら誰でも攻撃するから、誰も近寄れなくなる。もちろんお前達も同じだから、森から出るなよ？」

「あ、ああ。わかった。前はともかく今は森から出るようなことはないからな」

人族と交流していた時は交易のために近くの村まで行くことはあったそうだが、今はそういうこともないので森から出ないらしい。

「帰ったら他の奴にもその辺りのことは周知させといてくれよ」

「だが帰れたところで俺達は……」

そこで男の言葉は途切れ、バスには沈黙が降りた。

「あれが北の森か？」

「あ、ああ」

小一時間ほど走るとようやく件《くだん》の森が見えてきた。森なんてどれもいっしょでわからないが、これ以上北に行けないくらいに北を覆い尽くしているので、ここが該当の森かと判断したのだ。

「さあ降りて」

バスから全員を降ろすと一箇所に集まらせる。

「32セット」

№０３２ＵＣ：範囲拡大　次に使用するカードの対象範囲を拡大する。効果のないカードもある。

「２０６セット」

№２０６Ｃ：封具之間　対象を中心とした半径二メートル以内にある魔道具の効果を打ち消す。

次の瞬間辺り一帯に光が走ると、乗ってきたバスが消えた。魔道具扱いなのか？

「これで首輪が外れるはずだ。外し方知らんが」

そう言うと、最初に俺に突っかかってきた男が隣の男の首輪に手をかけた。すぐに首のスイッチのようなところがカチっという音がして見事に首輪が外れた。

「は、外れた……」

「う、うおおおお!!」

「外れたぞ!!」

いたるところで声が上がった。やがて全ての首輪が外れると、元奴隷だった者達が俺の前に跪《ひざまず》いた。

「名も知らぬ人族の男よ。感謝する」

「俺はさ、奴隷商とか大嫌いなんだ。それがちゃんとした互いの合意でなりたつ商売なら何もしない。だがあいつらのは相手の意思を無視して強制するやり方だ。なら自分達が同じ目に遭っても文句はないはずだろ？　だからあいつらの意思なんぞ関係なく奴隷を解放したってわけだ。まあ単に俺がむかついたから嫌がらせだな」

「い、嫌がらせ……はーっははははは。嫌がらせか!!　それでこんな信じられないことをしたのか!?　豪快なやつだ。そんなのは俺達『青狼族《せいろう》』にもいないぞ!!」

青い犬はどうやら狼《おおかみ》だったらしい。豪快に笑った男は俺の肩をバンバンと叩《たた》いてくる。非常に痛い。

「正直、まだ人族は信じられん。だがお前は信じられる。友よ名を教えてくれぬか？」

「キッド。キッドと呼んでくれ」

「わが友キッドよ。我が名は青狼族、青の牙、ヴォルク。我が名、我が牙に懸けてお前に助けられた恩を返そう」

そう言ってヴォルクは地面に体をうつ伏せに倒した。これは……伝説の五体投……じゃない!?　足を曲げないで気を付けの姿勢だ!?　これが青狼族の五体投地なのか？　正直どうしていいかわからない。クロエに視線を向けると、苦笑しながら首を振った。さすがのクロエもわからないらしい。

しばらくたつとヴォルクは立ち上がった。どうやら何もしなくてもよかったようだ。足で頭を踏みつけろとか言われたらどうしようかと思ったのだが。

「すまんがヴォルク、皆をまとめて帰る場所ごとに分けて、そいつらだけで帰れるかどうかを判断してほしい」

「わかった」

ヴォルクは元奴隷の亜人《あじん》達を種族ごとに分け、その住んでいる場所と移動距離を考えて戦力的に行けるかどうか判断した。その結果、問題がいくつか発覚した。

「なんでそいつ寝てんの？」

まず一つ目の問題。寝てる奴がいた。黒くて長い髪、そして長い耳の美人である。ダークエルフ？

「恐らくその娘は『闇の妖精族』だろう。彼女達は日中寝て、日が暮れてから起きるらしいからな」

完全な昼夜逆転生活なのか。それならしょうがない……のか？　まあそいつは起きたら考えることにしよう。

「にゃ？」

そして二つ目の問題。この猫《ねこ》幼女である。

「その娘は恐らく『金虎《きんこ》族』だ。金虎族は森の奥深くにいる幻の種族と言われていて、誰も住んでいる場所を知らないんだ」

能天気そうな顔をしている推定十歳未満であろう幼女。その実、金虎族は凄《すさ》まじい戦闘力を持っており、たとえ幼女でもこの娘は相当強いらしい。

「あーさすがに家わからんのは送っていけないわなあ……」

「すまんな」

「いや、ヴォルクが悪いわけじゃないだろ。まあ、方法がないわけじゃないから。とりあえず後に回そう」

「……」

そして三つ目の問題がこの喋《しゃべ》らない黒髪の少年である。犬耳なので狼《おおかみ》系だろうか。

「恐らく『黒狼族《こくろう》』だ。黒狼族も森の奥地に住んでいるせいで場所がわからない」

この子も迷子のようだ。しかし先ほどの幼女と違い、死んだ目をしている。

「一つ聞く。君は家に帰りたいか？」

俺の質問に少年は首を横に振った。

「ヴォルク。他種族の子供は引き取れるのか？」

「難しいだろうな。俺が良くてもその子がいじめられる可能性が高い」

まあ一人だけ毛色が違うからな。本当の意味で。なら元の村に戻るのがいいのだろうが、それを嫌がっているということは、そこでも何かがあったのだろう。

ならば答えは一つだ。

「俺と来るか？」

「⁉　いいの？」

「ああ」

「俺……化け物だよ？」

「随分とかわいい化け物だな」

「化け物とはこの人のような者を指して言うのですよ。マスター、化け物に謝りなさい」

「まずはお前が俺に謝れやあああ‼」

俺は逃げ回るクロエを追い回す。それを見て少年は驚いた様子だったが、やがて笑顔を見せた。

「俺はキッドだ。君の名前は？」

「コウ」

「よろしくコウ。コウには強くなってもらう」

「強く？」

「ああ。そして将来できる俺の子供を護《まも》ってもらう」

「おじさんの子供？」

「おじ……お兄さんね。お前はその子達のお兄ちゃんとして手本となるように生きろ」

「おれが……おにいちゃん？」

「ああ。頑張れよ」

「うん!!」

どうやら目標ができて元気になったようだ。

帰ったらドクやメリル、アンジュやセレスに英才教育を施させよう。きっと立派な守護者として、俺の家族を守ってくれるだろう。

そして最後の問題が……。

「本当についてくるの？」

「はいっ!!」

俺についてくると言って聞かない美少女である。銀の髪に犬耳が生えた犬耳っ娘だ。

「なんでついてくるの？」

「？　番《つがい》なら当然ですよ？」

「……ヴォルクーっ!!　何言ってるのか全然わからーん!!」

思わず叫んでヴォルクを呼ぶ。電波すぎんかこの娘。

「ああ、狼《おおかみ》族の女性には稀《まれ》にあるんだ。本能で番がわかることがあるらしい。番といって

も体の相性がいいのか、精神的なものなのかはわからんが、どうしても番《つがい》になりたいと思う相手ができた場合、もう……逃げられん」

そう言ってヴォルクはあさっての方向を見た。お前まさか……。

「俺、これでも嫁がたくさんいるんだが……」

「はい？」

「マスター。狼《おおかみ》族は基本的に一夫多妻です」

あーつまり、この娘は何が問題かもわかっていないわけか。

「俺も嫁は一人で良かったんだがな。気づけば五人だ……」

ヴォルクは言いながら空を見上げた。聞けば男が女を奪い合うこともあるが、狼族は基本は女性側が男性を選ぶのだそうだ。その女性と戦って勝たない限り拒否権はない。しかし、狼族は同族女性に力が振るえないという本能的なハンデがあるせいで、勝ち目はほぼないらしい。つまり狙われたら……終わりである。

「マスターがその子に勝てばよろしいのでは？」

確かに理屈ではそうなんだけど、敵対もしていない女性に暴力は振るえない。しかもこの子超かわいいんだよなあ。

「まあ連れていって、文化が合わないようならまた考えよう」

「この性獣が」

「……なんか言った？」

「いえ、別に」

クロエの口が何か動いたように見えたが気のせいだったか？

「ご両親に連絡とかしなくていいの？」

「大丈夫です」

んー何かあったらこの子の村を探して届ければいいか。

「ところで名前は？」

「『銀狼族《ぎんろう》』のフェリアです」

「俺はキッドだ。よろしく」

一応嫁候補ということで銀狼族のフェリアが仲間に加わった。他の連中は、今いるメンバーでそれぞれの村まで送ることが可能らしい。俺はクロエに頼んで、ドク達に買ってもらった食料をヴォルクに渡した。

「移動にどれくらい時間がかかるかわからんが、これで足りるか？」

「十分だ。森にも食料はあるからな。しかし、いいのか？　ここまでしてもらっても俺達にはお前に返すものがない」

「友が困っているのに、返すもなにもない。お前はただ礼を言えばいいだけだ」

「!?　ありがとう友よ。お前に何かあれば全てを投げ打ってでも助けに向かうと誓おう」

「家族を先に守れよ」

「くくっもちろんだ。だがそれの次にはお前を優先しよう。例え一族と天秤《てんびん》にかけようとも。この牙に誓おう」

「そうかい。覚えとくよ」

そう言って二人で笑い合った。それを見ていたクロエがなぜか涎《よだれ》を垂らしていたのは見なかったことにしよう。

「む？」

その時、森から複数の気配を感じた。

58. 青の腕

「何だ？」

何者かの気配がする。

周囲を窺《うかが》っていると、同じく警戒していたヴォルクが緊張を解いて言った。

「警戒しなくていい。多分仲間だ」

「ヴォルク!!　無事だったか!!」

森から出てきたのは、狼《おおかみ》というより熊《くま》と言った方がいいような大きさの青狼族《せいろう》の男だった。

「レアン!!」

どうやらヴォルクの知り合いらしい。

「やっぱり生きてやがったか!!」

「そう簡単に俺がくたばるか」

そう言って腕をぶつけ合う二人は、仲が良いというか、いかにも戦友という感じだ。

「それでこの賑《にぎ》わいはなんだってんだ？　なんで人族まで混じってやがる？」

「そこの人族であるキッドが俺達を助けてくれたんだ。ここにいるのは全員奴隷に落とされた者達だ」

「何？　奴隷なのになぜ首輪をしていない？」

「キッドが外してくれた」

「外しただと!?　隷属《れいぞく》の首輪をか？」

「ああ。どういう手段なのかはわからん。だが間違いなくここにいる全員首輪をされていた。俺も含めてだ」

「お前は一体何者だ？」

レアンと呼ばれていた男がこちらをみて警戒する。いや、レアンだけじゃない。レアン以外にも十人ほど、青狼族の男達がついてきており、それらが全て俺を警戒しているのがわかる。

「やめろ!!　キッドは俺の友だ!!」

「なんだと!?」

「何の見返りもないのに俺達を助けてくれた。そして帰れるように食料までくれた。こんな恩に報いられぬようでは青狼族の名が廃《すた》るというもの。その恩人に対しての無礼はこの俺が許さん」

ヴォルクが殺気を込めて宣言したおかげか、レアンも青狼族の男達も、全員警戒が若干揺らいだ。

「次期族長であるお前がそこまで言うのなら問題ないのだろう。だが俺は直接確かめないと納得せん。お前!!　俺と戦え!!」

「なんでやねん」

「マスター。獣人族、特に狼族《おおかみ》は基本的に脳筋です。ヴォルクが少数派かと」

どうやらわが友は希少な存在らしい。狼族は基本的に強さが絶対であり、強さが権力と直結するという話だ。つまり強い奴が絶対正義と。野蛮過ぎない？

「さあ、早く構えろ!!」

「ちなみに逃げるのは死ぬより恥らしいですよ」

めんどくさっ!?　まあいいや。ドラゴンよりは弱いだろう。軽く相手をしてやろう。

「はあ、しょうがない。相手してやる」

「ほう、逃げぬのか。人族にしては勇敢だ。気に入ったぞ」

自分で構えろとか言っといてこの言いぐさである。ちょっとへこましてやるか。

「ちゃんと手加減はしてやるよ」

「なんだと!?　人族が……この俺に!?」

俺はしっかりと気力で体を覆って準備する。

「食らえ!!」

そう言ってレアンは普通に殴りかかってきた。何の変哲もない、普通のパンチである。

「ほいっと」

俺は普通に受け流し、その力を使って地面へと叩《たた》きつけた。

「ぐっ⁉」

勢いそのままに奴の体重すら乗せたはずなのに、全然ダメージがないようである。地面に叩きつけるというのは実はかなりダメージが大きい。何せ地球でいうなら地球にぶつかっているのと同じだからだ。

体重差でいえば酷《ひど》いものである。にもかかわらず、こいつは多少痛みを感じたくらいの反応ですぐ立ち上がってきた。頑丈にも程があるだろう。やっぱ毛皮のおかげか？

男の狼族《おおかみ》には、フェリアにはなかった体毛が腕や胸にぎっしりと生えている。それがクッションにでもなっているのだろうか？

「妙な技を使いやがって……男なら堂々と来い‼」

酷《ひど》い言いぐさである。

「あのさ。力だけを比べたいなら、戦いなんかしないでずっと力比べしてればいいじゃん」

「むう」

「技っていうのはさ、力がない人族が力を持つ者を倒すために生まれた技術なの。わかる？　それを使うなってことは、お前のその腕力も、爪も使うなっていうことと一緒なわけよ。わかる？」

「なるほど。それが人族の力というわけか。まやかしの類《たぐい》ではなく、長年の努力で培《つちか》われた技術だというのは理解した。俺は人族を誤解していたようだ。謝罪しよう」

なんか急に真面目に謝られたんだけど。今までの脳筋どこいったんだ。

「その技に敬意を表して俺も本気で向かわせてもらおう。勝負事故、死んでも恨むなよ」

「恨むわああああ!!」

なんでこんな唐突に襲われる野試合で殺されなならんのだ。やってられるか!!　俺は一人で帰らせてもらう!!

『なんで一人で脳内死亡フラグみたいなこと言ってるのですか』

クロエに思考を読まれて突っ込まれてしまった。だが俺の気持ちもわかってほしい。

『いや、確かに気持ちはわかりますけどね。交通事故みたいなものだと思って諦めてください』

そんなんであきらめきれるかああああ!!　いいよやってやるよちくしょう!!

「はああああ!!」

レアンが気合を入れると、光る何かが腕に現れた。

「初めて見るのか？　あれが狼族に伝わる『爪装術《そうそうじゅつ》』だ」

爪装術《そうそうじゅつ》？　初めて聞く技だ。よく見ると気力が腕に集まっているのがわかる。しばらく見ていると、光る鉤爪《かぎづめ》のようなものが現れた。

「食らえ!!」

レアンは爪で襲いかかってくるが、別に早くなったわけでもないので、そのまま先ほどの再現のように投げ飛ばして地面に叩《たた》きつけた。

「ぐう!?」

さっきの技の繰り返しである。何がしたいんだこいつは？

「馬鹿な!!　全く動きが変わらないだと!!」

「当たらん刃物振り回したところで怯《おび》えるわけもないだろうに」

俺の言葉にぐうの音《ね》も出なかったのか、レアンは歯を食いしばっていた。

「まさか俺にこれを使わせるとはな。いいだろう。見せてやる。これが《青の腕》と呼ばれた俺の全力だあああ!!」

すると鉤爪だった物が消え、レアンの両手全体が輝きだした。そして腕は二倍以上に膨れ上がった気がする。

「食らえええええ!!」

そしてレアンは両腕を真上から叩きつけてきた。なるほど。上から下への攻撃なら受け流せないと判断したのだろう。

今までは横からの攻撃ばっかりだったからな。だがまあ懐に入れば受け流せないことはないのだが、まあアレをかいくぐってまでやるのは面倒だ。

俺は素直に後ろに飛んで避《よ》けた。

「うおおっ!?」

地面に叩きつけられた衝撃で、なんとその場にクレーターができた。凄《すさ》まじい威力だ。

「あれ？」

レアンの姿が消えた。っていうかあいつ、自分の作ったクレーターに落ちてるんだが……。

まあ、真下に穴を開ければ落ちるのは当然だわな。とりあえず俺は離れた場所でレアンが登ってくるのを待った。

「この俺の攻撃を避けるとは……やるな!!」

「いや、やるな!!　じゃなくてさ。一緒に落ちてんじゃねえよ!!　なんで帰ってくるの待たないといけないんだよ!!」

「だったら避けずに食らえよ!!」

「やだよ!!」

子供のような言い合いに、周囲で見ていた元奴隷達にも笑いが混じりだした。

「くっ！　ならば当たるまでやるまでよ!!」

そう言って、レアンは再び両腕を構えた。

そこまでするのなら俺も覚悟が決まった。力には技。いや力と技を合わせた奥義を返してやろう。

「む？」

俺は右手を上げて気を集め、左手を下げて神気《しんき》を溜《た》める。

イメージしろ。

自分の中で最強を誇る、かの大魔王が向かい合う姿を。本物に敬意を表して左右反対の構えだ。

「怪しげな構えを。だがそんなもので俺の爪装術《そうそうじゅつ》は破れん!! 行くぞ!!」

レアンは今度はジャンプして勢いを付け、両腕を上からさらに勢いよく叩《たた》きつけてきた。

「ふん!!」

叩きつけられる両腕に、神気による衝撃破をぶつけて勢いを完全に殺す。そして止まったレアンに間髪《かんはつ》を容《い》れずに右手を懐に差し込み、気を体内で爆発させる。そして最後に左手で魔力を練り、それを相手に叩き込む。

「うおおおおお!!」

神気、気力、魔力の三つを一瞬差で同時に叩き込む技。本物にちなんで神気魔闘《しんきまとう》と名付けよう。未完成だが。

「レアン!!」

吹き飛んでいってピクリとも動かないレアンを、ヴォルクが助けに行く。

「ぐ……」

「ふう。死んではいないようだ。だがあの頑丈なレアンをここまで追い込むとは……」

どうやら瀕死《ひんし》だが死んではいないようだ。いくらなんでも丈夫すぎんか？　全力ではないけど、ぶっちゃけ死んでもいいくらいの気持ちでぶち込んだんだが……。

『どうやら物理攻撃の威力を大半カットするスキルを持っているようです』

なるほど。魔力部分のダメージだけ通ったというわけか。弱点が明確だけど、ばれなきゃ相当強いな。

「青の四天王最強と呼ばれたレアンをこうもあっさり倒すとは。お前の強さは本物のようだ。狼族《おおかみ》は強さこそを尊ぶ。ここにいる狼族はお前を真の戦士と認めよう」

ヴォルクがそう言うと、その場にいた青狼族が全て膝を突いて頭を下げた。

「これを持つがいい。我の毛から作られた青の印だ」

ヴォルクから渡されたのは、中心に大きな牙のような物をあしらってその周りに青色の毛を束ねた、アクセサリーのような物だった。

「それを持っていれば青狼族だけでなく、他の狼族からもある程度は信用を得られるだろう」

何やら貴重なものらしい。狼《おおかみ》族に伝わる身分証明書のようなものだろうか？　とりあえず、ありがたくいただいておこう。

「ぐ、ううう、俺は負けたのか？」

「おお、気が付いたかレアン。お前の完敗だ」

「この俺が負けたのはヴォルク以来だ。しかも気を失ったのは生まれて初めてだ。お前は強いな。森の外にはこんなに強い奴らがいるのか？」

「まあ剣や魔法でなら、俺より強い奴はごろごろいるな」

なんでもありなら俺が勝つけど。剣や魔法単体だと勝てない奴はいくらでもいる。ドクやセレスには剣では勝てないし、それどころか大和にだって怪しいところだ。魔法だけだとアイリやレアには勝てんだろう。

「本当か……ヴォルク、俺はこの男についていく」

「え？」

「え？」

驚く声が重なる。一つはヴォルク、もう一つは俺だった。

「俺は青の四天王最強などと言われて調子に乗っていた。いい気になっていた。狭い世界で生きてきた弊害だろう。こんなに強い男がごろごろいるという森の外の世界を見てみたいんだ」

「だが長《おさ》の許可もなくそのような勝手な真似は……」

「元々言うことなんか聞いたことねえし」

「……だったな。お前は」

どうやらかなりの問題児らしい。

「だが四天王はどうするんだ？」

「元々五人いるんだから抜けても問題ないだろ」

「五人いんのかーい!!」

「いえ、四天王が五人いるのは様式美では？」

俺の突っ込みにクロエが答える。確かにそうだけども!!　そんなこと本当にあるか普通？

「あーなんというか、これにも複雑な事情があってな。実は四天王の一人が全く同じ強さの双子《ふたご》なんだ」

「あー」

なんか妙に納得した。それならまあ、仕方ないといえるか？　……いえるか!?

「っていうか、なんでついてくること前提なんだ？　連れてく理由がないぞ？」

「そんなこと言うなよボス」

「だれがボスやねん!!」

「俺に勝ったんだから今日からあんたが俺のボスだ」

「……お前ヴォルクに負けたとか言ってなかったか?」

「確かに何年か前に負けた。だがお前は明らかにヴォルクより強い」

「ほう」

「おいそこ!! お前は好戦的な目でこっちを見ないように!!」

ヴォルクが凶暴な目でこっちを見つめてくる。本当に勘弁してほしい。

「確かに俺より強いだろうな。正直今は勝てる気がしない」

「へっ、やはりお前もわかるか」

「ああ。キッドはまだ本気を出していない」

……確かにまだカードは使ってないけど、体術的なものはほぼ全力に近かったんですが?

「やはりか。本気なら殺されてたな」

なんか勘違いが進んでいく。問題はそんなことより——。

「なんでお前の面倒見なきゃいけないんだよ」

「つれないこと言うなよボス。俺達の仲じゃないか」

「どんな仲だよ!! むしろ殺し合った仲だろ!!」

「わかってるじゃないか。敵対したわけじゃなく、お互い同意の上の決闘で殺し合って、なおかつお互い生き残ったのならもう友人だろう？」

どこの文化だよそれ!!　って、狼族《おおかみ》だろうなあ……。殺し合った相手と仲良くなるとか、いくらなんでも脳筋にも程があるだろう。

「フェリアみたいな美少女ならまだしも、なんでこんなむさくるしい男の面倒みなきゃいけないんだよ」

「いいじゃないか。俺は使えるぞ？」

「戦闘にしか使えねえじゃねえか!!　ってそうだな……手下は多い方がいいか」

「そうそう。よろしく頼むぜボス」

迷宮に行くのにもストゥルトゥスと戦うのにも使えるか？　戦力は多い方がいいからな。せいぜい手下としてこき使ってやろう。

「言っとくけど俺の嫁に手出したら……いや、出そうとしたら殺すから」

「わ、わかったからその殺気はやめてくれ」

おっと、思わず殺気が漏れてしまったようだ。無意識に殺気が漏れ出るくらい俺は嫁に執着しているのだろう。

『マスターは独占欲が人一倍強いですからね』

そうか？　……そうでもないと思うが。

『レアが他の男に寝取られることを想像してみてください』

他の男にレアが……。

「ひ、ひぃっなな何かしたか俺？」

バタバタと音がするので見れば、周りにいた人達が一斉に倒れていた。

「なんて殺気を出すんだ!! 一般人がそんな殺気に耐えられるわけないだろうが!!」

ヴォルクに怒られてしまった。

『マスターはレアを好きすぎでしょう』

いや、きっとアイリやアンジュだって同じはずだ。知らないけどきっとそう。

『確かに若干しか変わりませんけどね。それでも、なぜかレアに執着している気はしますよ』

そうなのだろうか。いや、クロエが言うならきっとそうなんだろう。自分が気づいていないだけで。

「絶対に旦那の女には手は出さないと誓おう」

なぜか急にレアンが従順になった。結果的に良しとしておこう。

その後、意識を取り戻した人達が妙に俺におびえていたけど、もう会うこともないだろうから気にしない。

一応、帰るメンバーはヴォルクを筆頭に青狼族が集落まで送ってくれるそうなので、残っている子達だけは何とかしないといけない。問題は金虎族のお嬢さんと、寝ている闇の妖精族の子なんだよなあ。

「一旦連れていくか？」

「ご両親は心配されるかもしれませんが、まあ致し方ないでしょう」

クロエも賛成したということで、金虎族の幼女も連れていくことにした。

「ってことでお嬢さん一緒にいくか？」

「いくにゃー」

「ところでお名前は？」

「マオにゃ」

「マオちゃんね。時間ができたらお家探してあげるから、しばらく一緒にいてね」

「わかったにゃ!!」

本当にわかったかどうか不安だが、まあいいだろう。後はそこの寝ている美少女だけだ。

「……」

すーすーと深く寝入っている。こんな状況でよく寝られるものだ。ちなみにバスの中どころか移動も全てクロエが手伝っていた。子供より手がかかる困ったちゃんである。

「恐らく魔力切れですね」

「……どういうこと？」

「闇の妖精族は夜間に魔力を体に蓄えるのです。基本的に木々が近い、もしくは月が見えているところでないと吸収できません。奴隷商の所にいると、そのどちらも満たされることはありませんから……」

なるほど。それで魔力が切れているということか。

「闇の妖精族は通常体に蓄えた魔力を予備電源みたいにして、日中でも何とか逃げるくらいの動きはできるのです。それが全くできないということは、完全に蓄えた魔力がゼロなのでしょう」

「ああ、なるほど。逆ソーラー発電か。太陽じゃなく月で充電する感じの」

「ああ、言いえて妙ですね。そんな感じです」

「なら目が覚めるまで放っておくしかないか」

「そうですね。それが一番安全でしょう」

「じゃあ、連れて帰るしかねえじゃん……」

結局残った子達は全員、ドクの家へと連れて帰ることになった。だが、まだやることはある。

「ヴォルク」

「なんだ？」

「この森に入るまでの草原一帯が、強力な魔物の縄張りになったら、奴隷商は来なくなるか？」

「一帯とはどのあたりまでだ？」

「それはやってみないとわからん」

「そうだな……ここは森の南端だからな。東西に伸ばして山にぶつかる範囲まで縄張りになるなら、間違いなく奴隷商は来ないだろうな」

「理由は？」

「森から王都に連れていくには、大回りになるので割に合わないからだ」

なるほど。とはいっても東西に山がぶつかるって、どっちも普通に三キロ以上はありそうなんだが……。

「まあ、やってみるか360セット」

№360C：領域設定　領域を設定する。

うん、全く意味が分からんカードだ。その次のカードを知らなければ。

カードを使うと自分を中心とした近隣のマップが表示された。指でなぞるとそこに線が引かれる。森の端から端までをつなぐ線を引き、手前の草原の半分くらいまで入る大きさの半円をぐるっとなぞると、超巨大な陸上競技場のような楕円《だえん》が領域として設定された。見る限り、領域内を通らずに森にいくことは無理だろう。

「361セット」

№361C：守護召喚《しゅごしょうかん》 領域設定で指定した範囲を守護する守護獣をランダムに召喚する。

守護獣は召喚後、指定した領域にセットする必要がある。守護獣は死んでも設定された領域内で自動で蘇《よみがえ》る。ただし復活する際に設定した魔力を消費するため、倒されるたびに守護継続日数が減少する。守護獣を一つの領域に複数セットしても、守護獣同士に攻撃が当たることはない。

このカードの説明がなければ、領域設定のカード効果は意味がわからなかっただろう。つまりこれは二枚でセットのカードなのである。

「さて何が出るか……」

光り輝いてその場に現れたのは……。

「亀？」

「カワバンガ!!」

「おいっいろんな意味でヤバい亀やめろ!!」

ピザ頼む忍者亀とかいろんな意味で怖すぎる。ちなみにカードで出てきたのは、手のひらサイズの縁日にでも売ってそうな緑ガメのような亀だった。

「これは外れってやつか？」

「どうでしょう？」

さすがにこんな亀でこんな範囲を守れんだろう。仕方ないので俺はカードを使いまくることにした。

「これは……狼《おおかみ》？」

二回目に引いたのはシベリア狼のような群れだった。十匹くらいいるようだ。さすがに狼十匹と亀一匹じゃ無理だろう。次いこう。

「またか……」

その後、狼が連続で続き、気が付けば狼は五十頭の群れになっていた。

「狼が外れ枠ってことか。ってことは亀はどうなんだ？」

あれから狼だけで亀は一切出てこない。レア外れ枠とか意味わからん存在なんだろうか？

「何にせよ、さすがにまだこれだけじゃこの範囲を守るのは無理だろうなあ。そもそもんなのが出るかわかんないってのは致命的だな」

ガチャならせめて確率表が欲しいところである。でも、ない以上仕方がない。俺はひたすら引き続けた。

「嘘《うそ》……だろ……」

まさかの狼《おおかみ》百匹の群れ完成である。

「どんだけガチャ運ないねん俺」

色は違うようだが結局は狼である。いくら群れる生き物といえど百匹かあ……全部同じに見えるけどリーダーいるのか？　見たところ大きさは全て同じようである。

「!?」

そこで俺は恐ろしいことに気が付いた。まさか――。

「リーダー単体がレア枠なんじゃ……」

リーダー不在の狼の群れとか羊《ひつじ》と変わらんじゃねえか!!　これはさすがにないわー。しかしここまで引いて全部役立たずじゃ、さすがに洒落《しゃれ》にならん。引き続けるしかない。まさに沼ってるなこれ……。

「おおっ!?」

そうこうしているうちに狼の群れがそろそろ二百に近づきそうになったとき、ようやく違うのが現れた。

「でかい!!」

今までの狼の三倍はでかい白い狼である。きっとリーダーだろう。

「ん？」

この狼、領域にセットするとなんと群れを指定できるのに気が付いた。つまり今まで引いた二百近い狼達を配下にセットすれば、こいつを頂点とした群れになるということである。とりあえず狼達が無駄にならなくてよかったと心から安堵《あんど》した。だがさすがに狼だけで守らせるのもアレである。

「いっぱいあるし、引けるだけ引いておこう」

しかしその後も狼が出続け、群れは三百を超えていた。

「もう群れっていうか一個大隊やん」

数的に三百を超えたらたしか大隊規模と聞いたことがある。しかしリーダー一匹はさすがにおかしいでしょ。このままではここが完全に狼の苑《その》になってしまう……ってもうすでになってるか。どんどん現れる狼にヴォルク達は目が点になっている。というか狼族にとっての狼ってどうなんだ？　扱いが分からん。

『人間からみた猿みたいなものですよ』

『似て非なるものくらいの扱い？』

『何となく似た動物くらいですね。シロのような神獣だと神扱いですが』

あいつ神様やったんか……アイリに付きっきりでペットみたいになってるけど。

『シロはこの世界だと十分最強クラスですよ』

『マジで⁉』

『ウェンティさんだってシロの守りは突破できません。私だって難しいくらいですから』

クロエが無理なら誰でも無理じゃ……。

『マスターや真竜クラスくらいですね。簡単に突破しそうなの』

まあ俺はカードありきだけど、真竜ってのが名前からして怖すぎるんだが……。

『前会ったじゃないですか』

『？　ああっ⁉　あの呪《のろ》われてたやつ？』

『はい。あれは恐らく脱皮直後の弱体化時を狙われてましたけど、通常時はほぼ無敵ですからね。守りはそれこそマスターのカードか神気《しんき》でもないと魔力防壁すら突破できませんし、攻撃は防御を貫通してきますから』

滅茶苦茶すぎんだろが‼　チートにも程がある。

『それに勝てるマスターが一番チートだってわかってます？』

条件厳しすぎなんよ……主にカードの。そもそも効果があるのかもわからんし。

『効きますよ。例え相手が神だとしても効果はあります。それがマスターのカードの最も恐ろしいところですから』

……なんでそんなことを知ってるんですかねえ。

『なんたって――』

『SR《スーパーレア》ですからね。はいわかります』

『ふむ、わかってきたようでなによりです』

フンスッと鼻息荒くクロエはドヤ顔をする。こんな近距離なのに念話なのは会話を周りに聞かれないためだ。どこで情報が洩れるかわからないからな。

「とりあえずもう狼《おおかみ》はお腹《なか》一杯なんだが、ここまできたら最後までやるかっておおっ!?」

覚悟を決めて再びカードを使うと、いきなり巨大な影が降りてきた。

「これは……ドラゴン？」

「地竜ですね。ドラゴンの中では最弱クラスですけど立派な竜種です。あのメタルトカゲの亜竜《ありゅう》より強いですよ」

「マジか……あいつって物理無効じゃなかったっけ？　あれに勝つの？」

「竜最強の攻撃はブレスですからね。上位になると竜語魔法と呼ばれるやばい魔法も使ってきますが」

「こわっ!?　ってそういえば前の真竜とやらもなんか使って来てたな」

そういえばなんかブレスをカード化してた気がする。

「黒炎殲滅《ジャガー・ノート》は黒竜の必殺ブレスですよ。普通の人にとってはエターナルフォースブリザードです。黒炎殲滅、相手は死ぬ」

「俺そんなヤバいやつ受け止めちゃったの⁉　死んでてもおかしくないじゃん‼」

「よく生き残ってますよね、マスター。アレにタイマン張って勝てるやつなんて、この星単位で見ても片手で足りますよ」

　そんなにやばいやつやったんか。

「マスターがあのドラゴンを止めなかったら、今頃この大陸全土が焼け野原どころかなくなってましたねえ」

　……危なかった。今考えても勝てて本当に良かった。

「ってまさかあの黒竜ってストゥルトゥスの仕業じゃ……」

「どうなんでしょう。さすがにわかりませんね」

　あのまま兵器としてあれを使われてたら今頃大陸支配されてたな。それを考えると早いうちに対処できたのは僥倖《ぎょうこう》だろう。最初の街を一歩出たらラスボスがいたようなものだけど。

「で、このドラゴンだけでここ一帯守れそう？」

「移動速度が速くありませんから、あくまで一定範囲内だけですね」

　やはり無理そうだ。

「あれ？　ってことは、行動範囲が広そうな狼《おおかみ》が大量って実は当たりなのか？」

「そういう意味で言えば当たりですね」

マジか……実は当たりを引き続けていたのか。下がっていたテンションが急に上がってきた。

「とりあえずあるだけ引いてみよう」

そして次に引いたのは……。

「虎《とら》？」

虎である。それも全長五メートルはありそうなサーベルタイガーである。

「この邪魔にしかならなそうなでかい牙って、何に使うんだろう」

「一応ナイフ代わりに切れるみたいですよ」

「へえ、でも普通の犬歯で噛《か》んだ方が強くない？」

「だから滅びたんじゃないでしょうか」

「ああー」

なんか妙に納得した。

「スミロドンはネコ科っぽいのに集団で狩りをしていたらしいですよ」

「へえ、そうなんだ。じゃあこいつも集団戦できるのかな？」

「それがスミロドンならですが」

確かに見た目がサーベルタイガーっていうことくらいしか、俺の知識では判断できないか。

「次いってみよう」

そして次に出たのが……。

「おおおっついに飛行タイプが!!」

飛竜。手が翼になっているいわゆるワイバーンというやつだ。大きさ的にさっきの地竜よりは小さいが、それでも翼を広げれば全長は超えそうである。

「飛竜種と竜種は完全に別種です。これはその中でも下位に位置する飛竜種ですね」

「そもそも上位と下位の違いってなんだ？」

「竜種と飛竜種で異なりますが、基本的に単種別しか魔法が使えないのが下位。飛竜種だと風属性しか使えないのが下位になります。上位になると複属性の魔法を使うようになり、さらに上位の古代種になると、言語によるコミュニケーションが取れるほど知能が高くなります。真竜種はさらにその上になります」

俺は思いのほかヤバい奴と戦っていたようだ。

「真竜種になると強大な魔力の発生器官を複数持ちますから、ほぼ無限の魔力を持っています。そのため、溜《た》める時間さえかければ星ごと消滅させる魔法すら撃てます」

「いくらなんでもやばすぎるだろうが!!」

「あくまで理論上であって、やった真竜種はいませんよ」

「やった時点でこの星なくなってるだろうが……」

「過去に大陸は幾つか消し飛んでますけどね」

「うおおい⁉」

そんなやつがホイホイ操られるってやばくね？

「前にも言いましたが、数百年に一度の脱皮の時を狙われた呪《のろ》いですから、確率的には宝くじ一等五連続当選くらいですよ」

まじかあ、どんな確率やねん。

「真竜種がいる場所なんて最高クラスに危険な場所ですからね。しかも脱皮の場所なんてさらにやばいところですよ。そんなところ行ける人間なんていませんよ」

「じゃあ誰がって……あいつらか……」

「そんな場所、あの魔族達かマスターくらいしか行けませんよ」

「そんなとこ絶対行きたくないんだが……」

「むしろ問題はその場所と脱皮の時期をどうやって知ったかですね」

まさかの偶然ってことはないだろう。たまたま散歩で行けるようなところじゃないはずだ。それに、時期にしたって数百年に一度を偶然引き当てるなんてどんな運だよ。

「あっ⁉　スキルか‼」

俺の激運カードみたいなスキルがあるのかもしれない。それなら可能性がある。あんな効果を永続させるパッシブスキルなんてあったら洒落《しゃれ》にならん。そんな、とんでも幸運マンみたいなやつには勝てる気がしないぞ。

「そこまで強力なスキルは聞いたことがありませんね」

さすがに無理か。俺のカードですら幸運アップは一瞬しか効果がないからな。

だが一点物の特化したユニークスキルならあり得るかもしれないと思ったんだが、さすがにそこまでのやつはないか。そんなやついたら今頃この星の支配者か神にでもなってるはずだしな。

となると、信じられないが偶然、もしくはなんらかの魔法ということになる。まあ結局わからんという結論になるわけだが。

その後、気を取り直して引き続けた結果。下位竜二、ワイバーン四、狼《おおかみ》三百、殺戮《さつりく》人形九、妖精っぽいのが三、超でかいミミズ五、スライム三という具合だった。まだ若干カードは残っているが、これだけあれば十分だろうということでここまでにしておいた。

ちなみに能力は領域にセットする際にいろいろ確認することができた。ステータスを見るとなにかとヤバいのが多かった。

特にスライムには全員物理攻撃無効の文字があった。これはデフォルト能力ということでまだわかる。だが個体によっていろいろと持っているスキルがまた違うことが判明した。

まず、全ダメージ七割カットとかいうヤバい特性を持ったスライムがいた。後は広域範囲魔法とか、属性吸収とかやばいスキルのオンパレードだった。ひょっとしてこいつ竜より強くね？と思った俺は間違っていない。ただ唯一の弱点は足が遅すぎるため、簡単に敵に逃げられるということだろう。

そして次にヤバいのが殺戮人形である。のっぺらぼうの木の人形であり、マネキンみたいに見える。だが腕は剣だったりハンマーだったり素手だったりと、手の形が個体によって異なる。さらに、その中に一人だけヤバいのがいる。銃である。それは紛れもなく、あの宇宙にいる毒蛇のアレが持つ最高なガンである。俺ならこいつを一目見たら逃げ出すだろう。

だが恐ろしいことに殺戮人形シリーズには共通したスキルがある。それが光学迷彩である。つまりこのヤバい奴らが姿を消して襲ってくるのだ。やばすぎて吐きそうである。

少なくとも俺はこいつらがいるとわかっている場所には絶対足を踏み入れたくない。何せ人形だけあって気配を全く感じないのだ。

探すのも一苦労する相手が姿を消して襲ってくるとか悪夢でしかない。設置用の守護者じゃなければ連れて歩きたいくらいである。嫁達の護衛用に。いや、ひょっとしたらそういうカードもあるのかもしれないな……まだ引いていないだけで。これだけ引いているのにもかかわらず、未《いま》だに番号的に飛んでいる部分もあるから、明らかに引けていないカードが存在する。とてもコモンとは思えないレア度だ。きっとすごい能力なのだろう。

そして竜三体はそれぞれブレスの能力が異なっていた。定番の火は一匹で、後は腐敗ブレスと雷ブレスというレアっぽい能力だった。雷のブレスってなんだよって感じなんだが、きっとレアみたいに雷撃でも放つのだろう。

後、フレンドリーファイアはないって説明だったが、腐敗ブレスの能力は味方に影響ないのだろうか？　生態系には影響しそうなんだが……。とりあえずこいつは岩山間際の草原の端っこに設置しておこう。いきなり草原のど真ん中に毒の沼地とかできてもいやだからな。

ワイバーンは全部下位のやつで、風以外の属性は使えなかった。微妙なスキルのものばかりだったが、一匹だけ高速飛行とかいうスキルがあった。その名の通りの効果だろう。

そして妖精っぽいやつだが、種族をみるとやはり妖精ということであっていた。見た目が光の妖精族であるファムに似ているので、予想はできたが。

だが問題はその能力である。魔力変換というスキルを持っている奴がいて、何かといえば魔力を攻撃力に変換できるというスキルらしい。つまり脳筋妖精である。三十センチもない体長なのにやたらと高い魔力が腕力になるため、非常にやばい。小さいものほど戦いにくいからだ。それが魔法主体ならまだしも近接主体の飛行型って、対処できる奴がどれほどいるのか。ファムに同じような奴がいるか後で聞いておこう。万が一敵にいたら怖いからな。

ミミズはサイズがでかいだけで、特筆すべき能力はなかった。だが一番気になったのは……最初に引いた亀である。一見ただのミドリガメだが、能力がやばかった。物理攻撃反射、魔法攻撃反射、無属性魔法とかいうヤバいスキルてんこ盛りだったのだ。

実は最初に引いた亀が一番レアで、竜まで含めたこの中で最強の存在というオチだった。カワバンガとか言ってる場合じゃなかった。物理、魔法が効かないとか勝てる見込みがない。しかも属性のない魔法攻撃をこの小さな体で撃ってくるのだ。

草原にでも潜まれていたら何もできずに殺される。厄介極《やっかいきわ》まりない存在だ。だが以前メリルの戦いを見て攻略法は思いついている。直接攻撃しなければいいのだ。穴掘って埋めて毒にでも浸せば殺せるだろう。無属性魔法とやらがどこまでできるのかは知らないのでなんともいえないが、応用力次第ではなんとかなる。ただし、毒消しとか浮遊とかできたら無理だ。面倒だから逃げた方が早い。それくらい、敵として出てきたら面倒くさい存在である。

厄介と考えるならもっと酷《ひど》いパターンがある。竜の背中にこいつが乗っていた時である。全攻撃反射されるため、まさに無敵の龍じゃなかった竜が生まれるわけだ。体力減ったら龍虎乱舞《りゅうこらんぶ》とんできそうである。だが竜が相手ならまだ逃げられる可能性がある。これが飛竜に乗っていた場合が恐らく考えられる中で最悪のパターンである。

高機動型の無敵航空兵器とか悪夢以外の何物でもない。何せ物理でも魔法でも落とせないうえ、落とし穴などの罠《わな》にもかからないのだ。まさに無敵である。そして何より、逃げることができない。大魔王も真っ青であり、かち合った時点で詰みとかまさに悪夢である。そんな悪魔たちを、俺は森の手前の平原一体にまんべんなく配置した。まさに北の魔平原と言えよう。

「とりあえず人族のみ襲うようにしたから、お前ら大丈夫だと思う」

そう言って振り向くも、大半の元奴隷達は気絶して地面に倒れていた。

「どうしたんだ？」

「どうしたもなにも、そんなのを見れば誰だってこうなるだろう」

気丈そうなヴォルクやレアンですら若干震えている。それでも気絶しないだけ強いのだろう。

「まあお前らは攻撃しないかぎり襲われないから安心しろ。これで森が襲われることは減るだろう」

完全になくなるとは言い切れないからな。草原を通らずに森に行くというパターンもあり得るから。だがその場合、馬車も馬も通れないから、奴隷を確保するのは非常に厳しいというか、ほぼ無理になる。女子供の場合、森で誘拐したとしても、乗り物もないのではそこから連れて行くことができないからだ。

「キッド……お前は神の遣いだったのか？」

「なんだよそれ」

「神の遣いは不思議な力を使えるという。狼《おおかみ》だけでなく竜まで呼ぶお前は、まさしく神の遣い」

　そう言って、ヴォルクを含めた気絶していない青狼族の戦士達が跪《ひざまず》いた。

「大きく変わる時代の節目に、神の遣いが現れる。『その者多くの精霊を宿し、比類なき力を以《もっ》て世を永き安寧へと導く』。我が種族に残る言い伝えだ。お前のその姿、力は、まさに神の遣い。この森に住むものは皆、いつか現れる神の遣いに仕えることを、至上の喜びとして教えられている。まさか私が神の遣いを、この目で見ることができる日が来るとは……」

　言いつつヴォルクは俯《うつむ》いて肩を震わせている。揶揄《やゆ》して笑ってるのかと思ってみれば……ガチ泣きである。いい男がガチ泣き。ヤバいと思って周りを見れば……青狼族全員が号泣《ごうきゅう》である。いや、レアンだけ泣いてないわ。なんだこのシュールな光景は……。視線をクロエに向けるもクロエも苦笑して首を振るだけだ。誰か助けてくれ。

「ましてやその神の遣いに奴隷の身から解放されて助けられたなど、我らにとって天が落ちてくるほどの驚きと喜びです。その恩に報いるためにも、森に住む全ての部族に神の遣いが現れたと連絡いたします。我らは全てキッド様のために」

そう言って全員頭を下げた。気まずくなって再びクロエを見るも、面白がってニヤニヤ笑うだけで何もしない。全く……使えない猫である。

「こ、この私を使えない……だと……」

「あ、嘘《うそ》です。物凄《ものすご》く使えます」

「そうでしょうそうでしょう。マスター一の家臣ですからね」

ふふんとドヤ顔になるクロエが憎たらしい。実際、普段は比べられる者がいないほど優秀だから困る。

その後、気絶している者達を起こすと、やはり青狼族と同じように全員跪《ひざまず》いた。どうやら全員、俺は神の遣いという認識らしい。

「では我々はキッド様のご指示に従い、この者らを住んでいた里へと送り届けます。レアン、キッド様を頼むぞ」

「任せとけ……といいたいところだが、ボスは俺より強いんだぜ？」

「貴様!!　神の遣いになんて口の利き方を!!」

「ああ、呼び方はどうでもいいから。その人達送る時にこの平原の守護者のこともちゃんと伝えてくれよ」

「もちろんです!!　キッド様の神の御業《みわざ》を大々的に伝えてきます!!」

「大げさに言わなくても、ただ攻撃しないかぎり襲われないって言うだけでいいんだが……」

そうはいってもヴォルクの瞳は輝いており、フンスという鼻息も聞こえてきそうなほど興奮している。これは諦めた方がいいだろう。

そうこうしているうちにヴォルク達は元奴隷達を連れて森へと入って行った。遅くなると魔獣が出て大変になるから、まずはここから一番近い青狼族の里を目指すそうだ。

「さて、最後にあなた達のことを聞いておきましょうか」

そう言って振り向くと、そこには出発前に家に帰りたくないと言っていた美人母娘の姿があった。

「私はルナ。王都の東にあるリブル村で薬師《くすし》をしていました」

「リナだよ!!」

「レナだよ!!」

金髪の双子《ふたご》が元気に手を挙げて名乗りを上げる。母親に似て将来美人になるだろう。だが二人の区別は全くつかない。

ルナに詳しい話を聞くと、リブルという村で薬師として働いていたところ、偶然その村に立ち寄った貴族に見初《みそ》められたらしい。だが、その貴族は悪名高いらしく、ルナはそれを断った。平民に貴族の命令を断ることができるのかと思ったが、なぜかその貴族はそのまま諦めて去ったらしい。

事態が動いたのはその数か月後で、突然ルナの家に貴族が来て、ルナを捕まえたそうだ。なんでもルナが作った薬が効果がなく、貴族が死にかけたので罪に問われたと。そもそも、どの薬を何に使ったのかすらわからないし、この世界の薬にそこまでの効能を求めることなんて普通はない。ましてや死にかけるってどんな状況だよと、突っ込みどころ満載である。

そこで犯罪奴隷の身に落とされたらしいが、なぜ、その貴族は直接自分の奴隷にしなかったのか？　なぜ最初に無理やりつれていかなかったのか？　答えはその地を領する貴族ではなかったからだそうだ。

犯罪者にしろ村人にしろ、住人は基本その領地の貴族の所有物に当たる。それを無理やり奪うのはその貴族に喧嘩《けんか》を売ることに等しいのだ。そしてその土地の犯罪者の裁量権も所有貴族にある。故にルナを狙った貴族は、穏便に普通に奴隷落ちしたルナ一家をオークションで買おうとしたのだろう。

ルナはオークション会場でその貴族の姿を見かけたらしい。だが今回は、俺がクロエに命じて全て買い取らせてしまった。その貴族は今頃怒りで顔を赤くしているだろう。

『マスター。この家族は仲間にしておいた方がいいですよ』

『何かあるのか？』

『ええ』

『わかった』

「これからパトリア王都に行った後にリグザールへ向かうんだけど、一緒に来るか？」

「リグザールですか？　着の身着のままで向かうには随分遠い気がしますが……」

「もちろん旅の準備はこちらがする。よければ向こうで俺の家臣として働いてくれ」

「家臣ですか？　私なんて夫に先立たれた、ただのしがない薬師《くすし》ですよ？」

「全然問題ない。いろんな人材を手に入れたいからな」

「……わかりました。助けていただいたご恩をお返しさせていただきます」

「「ます!!」」

よくわかっていないだろう双子《ふたご》も元気に返事をした。これで薬師の美人母娘をゲットだ。何を持っているのかは知らないけど、クロエが言うんだからきっとすごい能力を持っているんだろう。後は……。

「できればルナにはコウやマオのような子供達の面倒を見てもらいたい」

「子供たちのですか？」

「ドクの嫁くらいしか子育て経験者が仲間にいないからな」

そうなのだ。独身美少女は多いが、育児経験者がいない。さすがにまだ産ませてないし、そもそも貴族は乳母がいるから直接育てるようなことはないし。アイリは血筋としては王女とはいえ、元々生活基盤のある場所は平民の村だから、村の子供を相手にしたことくらいはあるだろうから、任せられると思う。シャルは平民だし大丈夫だろうか？

ただ、二人が妊娠した後に対処できる人がいなくなる。アンジュやレアの家から家臣を借りる手もあるが……なるべく借りは作りたくない。特に貴族相手には。そのため、ルナには頑張ってもらいたい。確かにクロエの言う通り必要な人材かもしれないな。だがもう少しその辺りの人材は確保する必要があるかもしれない。

「そうですか……わかりました。薬は作らなくてもいいのですか？」

「材料が欲しかったら、集めてくるから言ってくれ。好きに作ってくれていいぞ」

「ありがとうございます」

ルナは嬉《うれ》しそうな声でお礼を言ってきた。声が若干高くなっているから本当に嬉しいのがわかる。よほど調薬の仕事が好きなのだろう。子守要員が増えたら調薬の方に本腰を入れてもらうことになるから、勘を鈍らせないように時間が空いたら調薬してもらおう。

「最後はこれなんだけど……さすがに森の近くに放置はできんから連れて行こう」

そう言って俺は、熟睡しているダークエルフこと闇の妖精族の少女を連れていくことにした。

「それじゃ帰るか。354セット」

№.354C：四輪車両　魔力で動く四輪車を作成する。どんな車両ができるかはランダム。車両は一度動かすと、五分間同じ場所に停止したら消滅する。

　現れたのはいわゆる軽トラと呼ばれる車だった。

「これだったら何とか後ろに全員乗れるだろ」

　運転席にはいつもどおりコントローラも付いていたが、普通にハンドルも付いていた。どうやらオートマ車のようで、オートマ用に見えるシフトレバーが付いている。

「全然音がしないな」

　エンジンをかけてみるも全然振動も音もしない。先ほどのバスも同様だったが、ひょっとしたらエンジンではなく、電気自動車みたいなモーターっぽい動力なのかもしれない。魔力がエネルギーらしいしな。

「どうした？　早く乗ってくれ」

　レアンだけ固まって乗らないので、運転席から呼んでみる。

「な、なんだこれは？」

　ああーそうか。こいつは奴隷じゃなかったな。バスとか俺のカードの力見てなかったわ。

「乗り物だ。早く乗れ」

助手席には寝てる闇の妖精族の子を乗せ、それ以外を全員荷台に乗せて出発――。

領域にセットした守護者は、最後に動作期間を設定してから起動させないと動かないのだ。

「おっと忘れてた」

「えーと、とりあえず一年としておこう」

全部の配下を一年動くようにセットして、機動させた。

「早く乗れ!! 子供達は絶対に立つんじゃないぞ!!」

そう言って俺達は急いでその場を後にした。なぜかと言えば、人族だけを襲う設定だからだ。それはつまり、この場にいるルナたちも狙われるということでもある。ちなみに召喚主である俺は元々狙われないようだ。なのでルナ母娘のためにも急いで逃げなければいけない。例え襲って来ても勝てるだろうが、せっかく守護者として置いたものを俺が壊すとか、守護者を出した意味がわからないからな。

「おおっ!? う、動いた!? 馬もいないのに!?」

走り出すとレアンが一人で驚いている。他のメンバーはここに来るときすでにバスに乗ったので、そこまで驚いてはいない。とりあえず一路パトリア王都を目指した。

59. 闇の妖精族

「皆、街に入る前にこれを着けておいてくれ」

俺が渡したのは、先ほど森の手前で効果を打ち消した隷属《れいぞく》の首輪だ。すでに効力はないので、ただのアクセサリーである。ちなみに車は街から少し離れた場所で降りた。

「ちなみに効果は消してあるから、着けてもなんにもならん。奴隷のフリをしてついてきてくれ。あっレアンもな」

「俺もかよ!?」

「亜人《あじん》は審査めんどいから奴隷として入った方が楽だろ」

確か奴隷以外の亜人はかなり審査が厳しく、街に入るのが難しいと聞いた気がする。逆を言えば奴隷ならなんの審査もなく入れるということだ。

幸いにもさっき奴隷として街から出たからな。囮《おとり》の仕事が終わったとでもいえば簡単に入れるだろう。

クロエを見れば、すでに奴隷を買ってきたあの男の姿になっている。ストーリーとしては、狩りの囮として使ったが、半数以上は殺されて、残ったのはこれだけという話である。

「よし、通っていいぞ」

想定通り簡単に入ることができた。ここの警備もざるである。まあ、さっき出てきた奴隷の数が数だけに覚え切れないのも無理はない。明らかにレアンは異質だが、ヴォルクなどの青狼族は普通にいたために目立たなかったのだろう。

「お帰り――うおっ⁉」

ドクの家に帰ると、まずはドクが出迎えに出てきた。まあ、警戒のために強い奴が出てくるのは間違いではない。

「なんかまた随分大連《おおづ》れだな」

「一部は新しい配下で、一人は迷子で、寝てるこれは……わからん」

「わからん⁉　わからん意味がわからんぞ⁉」

「俺だってわかんねえよ」

もう何が何だかわからない。とりあえずダークエルフ……長いので闇子《あんこ》と仮称する。闇子をベッドに寝かせ、リビングに全員集める。それなりに広い部屋なので、留守番だったレアやエペなども皆入れるが、椅子が足りないので子供たちは床に直《じか》座りである。

「この青狼族の男はレアンという。倒して配下にしたんでお前と同じだ」

「レアンだ。お前強いな？」

「やめろ馬鹿。誰かれ構わず喧嘩《けんか》売るんじゃない」

俺はレアンの頭をひっぱたく。

「す、すまないボス。つい……」

そんな感じでとりあえず全員の紹介を終える。

「……で、旦那は奴隷達をどうしたいんだ？」

「とりあえず買った奴隷はここにいる奴以外、全員北の森まで連れて行って解放したぞ」

「解放て……隷属《れいぞく》の首輪は外れんはずなんだが……」

「細かいことはいいんだよ。それから、北の森には近づかないように」

「なんで？」

「守護者おいてきたんで。竜とか飛竜とか」

「……ますます旦那が言ってることがわからねえ」

「簡単に言うと、北の森の手前の草原に人族が行くと死ぬってことだ」

「簡潔な説明ありがとう。結果だけで間が全部省略されてるが」

「殺されたくない知り合いがいたら教えておいてやれ」

「……まあ北に行きそうな奴はいないな」

ならとりあえずあの領域については深く説明しなくていいだろう。

「問題はこの二人なんだよ」

俺は、床に座って遊んでいる幼女に視線を向ける。

「んにゃ?」

「金虎族っていうらしいけど、誰もこの娘の里の場所を知らないらしくてな。時間があれば俺が探すんだが、そうも言ってられんからとりあえず連れてきた」

「全く、旦那もお人好しだな。ま、じゃなきゃエミリアは死んでいただろうけどな」

ドクはそう言ってあきれた表情を見せる。

「もう一人はさっき上に寝かせた闇の妖精族の子だ。あの子はまだ一回も起きてないからどうすればいいのか全くわからん。すぐ自分で帰るかもしれんが、とりあえず寝たままの状態で森に放置するわけにもいかんから連れてきた」

「なるほど、それでわからんて言った意味がやっとわかった」

意味も何も本当にわからないんだから仕方がない。まだ一度も会話してないしな。

「で、こっちが薬師《くすし》のルナ」

「ルナです。よろしくお願いします」

「よろしく。ああ、自己紹介してなかったな。俺はドクトゥス。ドクって呼んでくれ」

「ドクの妻のローナよ。そっちは娘のエミリア」

「エミリアです!!」

「リナです!!」

「レナです‼」

エミリアの挨拶につられて、リナレナまで挨拶していた。

「この二人が私の子供です」

ルナはそのままリナレナを紹介していた。

「そっちの人はわかったわ。でも私が聞きたいのはこっちの娘なんだけど？」

そう言ってレアが視線を向けているのは……。

「銀狼族のフェリアです。旦那様の番《つがい》の末端として名を連ねさせていただきたく」

「はあ？　キッドどういうこと？」

「あーなんというか……拾った？」

「元いたところに返してきなさい‼」

完全に拾ってきた犬の扱いである。

「いや、だって奴隷として売られて困ってるんだから無下《むげ》にはできないでしょ？」

「……嘘《うそ》ね」

「え？」

「かわいいからでしょ？」

「……」

「好みのタイプだからでしょ‼　知ってるんだからね。アンタがイスピリトで獣人の女の子ガン見してたの!!」

……なんでバレた。

確かに見ていた。ものすごく見ていた。だって獣耳と獣尻尾だよ？　見るじゃん？　普通に見るじゃん？　なんならさわりたいじゃん？　日本人の男でアレにときめかない奴なんていないだろうか？　いやいない。ときめかない奴は男じゃない（断言）ともなれば、自分に好意を寄せてくれる美少女で耳としっぽがあるなら……ってなるのも仕方ないじゃないか。

「もう、私のことは飽きちゃったの？」

「レア……」

しおらしくなってしまったレアを俺は抱きしめた。普段強気なくせにこういうときのギャップが可愛すぎるんだこの子は。

「俺がお前を飽きるわけないだろ？　むしろお前は自分の心配をした方がいい」

「心配？」

「例えお前が俺を嫌になって逃げたとしても、俺はどこまでもお前を追いかけて捕まえるくらいには、お前に執着してるから。もうお前は絶対俺から逃げられない」

俺のその言葉にレアは固まったが、しばらくして言われたことを理解したのか、顔を真っ赤にして俺の胸に顔をうずめてきた。

「大好きな人から逃げるわけないでしょ。馬鹿……」

小さな声でレアはそう呟《つぶや》いた。もうたまらんと抱きしめ、レアの首筋にキスしながらお尻を触りだしたところで頭を叩《たた》かれた。

「マスター。子供達の前ですよ？」

クロエのその言葉にはっと辺りを見回すと、顔を真っ赤にしたローナとルナとエペ、そしてフェリアがおり、今まで楽しそうに遊んでいた子供達はじっとこちらを見つめていた。

「旦那。嫁とラブラブなのはわかったから、せめて時と場所を選んでくれ」

「はい、すいません」

俺は素直に謝った。

「奥様。よろしいでしょうか？」

「奥様……私!?」

フェリアに奥様と言われ、レアは動揺する。

「旦那様と奥様が愛し合っているのはよくわかりました。しかし、旦那様のような優秀な雄《おす》は複数の雌《めす》を娶《めと》るのが普通です。どうか私にもそのお情けを分けていただけませんでしようか？」

「狼《おおかみ》族は一人の男に複数の女性が番《つが》うのが普通です」

クロエはフェリアの言葉を補足した。

「……わかったわ。どうせまだ増えるんだろうし、今のうちに慣れておいた方がいいわね。いい子そうだし、認めてあげる」

「!? ありがとうございます奥様!!」

「それはやめて。あなたも奥様なんだから、レアって呼んで」

「ありがとうございますレア様」

「様もいらないし、口調も丁寧にしなくていいわよ」

「レア……じゃあ私もフェリアでお願い」

「わかったわ。これからよろしくねフェリア」

レアとフェリアは握手した。どうやら和解してくれたようだ。その後、レアはフェリアにクロエを紹介し、他の嫁についてフェリアに説明をしだした。

「そして最後にこの子がコウだ」

フェリアはレア達に任せ、俺は最後の子を紹介した。だがコウは俺の後ろにくっついて隠れて出てこない。

「黒狼族らしいぞ」

「へえ、初めて見た。だが金虎族も黒狼族も闇の妖精族も信じられんほど高かったんじゃないか？」

「最後は白金貨でビンタ合戦になりましたね」

「はくっ!? ……一体いくら使ったんだよ」

「湯水のように使いましたね。下手な小国なら買えるくらいには」

「……はあーもうすごすぎて逆に金銭感覚的に想像がつかねえ。金ってある所にはあるんだなあ」

「知らないのか？　金ってさみしがり屋なんだぞ？」

「どういうことだ？」

「たくさんあるところに集まってくるってことだよ」

「へえ、なるほど……うまいこと言うなあ」

「それでうちにはあんまり集まってこないのね」

「ローナ!?」

唐突に背中から撃たれてドクが驚く。完全にうちの旦那が稼いでこないという台詞《せりふ》にしか聞こえないからな。

「冗談よ。あなたは十分稼いでいるわ」

「脅かすなよ……まあ、傭兵《ようへい》なんて安定してないから、そう言われても仕方ないが……」

「ハンターの時の方が稼げてたのか？」

「もちろんだ。使えるアーティファクトの一つでも見つければ一生働かなくてすむくらいには稼げるからな。まさに一攫千金《いっかくせんきん》てやつだ」

「で、見つかったのか？」

「ああ。引退前にいくつかな。クランで分けたが、それでもある程度の資産になったおかげで、傭兵として俺が外に出てても、普通に家族は生活できていたってところだ」

「やはりアーティファクトは一攫千金か……」

「まあ、それを追いかけて迷宮ハンターになる者が後を絶たないわけですね」

「迷宮ハンター？　迷宮専門ってことか？」

「ハンターはいくつかの種類があります。マスターのような狩猟がメインのいわゆる狩人型ハンター。迷宮にしか行かない迷宮型ハンター。迷宮にも行きますが、遺跡などもめぐるトレジャーハンター。採取が専門の採取ハンター。そして探索がメインの探索型ハンター。大きく分けるとこんな感じです」

「へえ、詳しいな」

「マスターが他に関心持たなすぎるだけです」

　酷《ひど》い言われようである。まあ間違っていないが。

「ちなみに分布はその土地によって変わります。この街のように迷宮がある場合は基本、ほとんどが迷宮ハンターです。まあ当然ですね。そこが一番稼げるんですから。逆にシグザレストのような田舎ですと、マスターのような狩猟型ハンターがほとんどです。何せ豊富に獲物がいて、魔獣との遭遇頻度が非常に高いので、自然とそれを退治する者達が多くなります。移動の際に護衛も必要になりますし、必然的に狩猟型ハンターの需要が一番高くなります」

「へえ、詳しいな」

俺だけでなく、なぜか周りにいた者が全員感心した表情でクロエを見ていた。

「メイドさんは元ハンターなのかい？」

「いえ、ただのメイドです。マスター、ハンター登録してきていいですか？」

「するの？　別にいいけど」

「じゃあ今度登録してくるので、クランの『流水行雲《りゅうすいこううん》』に入れてくださいね」

「いや、もちろんいいけど……ハンターやるの？」

「あっという間にマスターに追いつきますから!!」

「いや、確かにお前ならすぐ追いつくだろうけどさあ」

むしろ俺より強いじゃん……リーダーより強いメンバーってリーダーの立つ瀬がないんだけど……。

「相変わらずマスターは謙虚ですねえ。私はマスターに逆らえないのですから、間違いなくマスターの方が強いのに。マスターが死ねと言ったらそこで勝負終了ですよ？」

「マジで!?」

「生き返ろと言われたら生き返りますが」

「何でもありにも程がある!?」

まさか生死すら自由自在とか、まさにフリーダムすぎるだろ。おまえ神様に喧嘩《けんか》売りすぎてない？

「あのう、正直私達はクロエの強さを知らないんだけど……そんなに強いの？」

「お前達含めた俺の嫁全員とドクにレアンにレオン王子、大和に三つ子三姉妹を加えても瞬殺されるだろうねえ」

「そこまで!?」

「そ、そんなに強い方だったのですか!?」

クロエの強さにレアとエペが驚愕《きょうがく》している。無理もない。だってこいつなんでもありなんだもん。

接触したら最後、ありとあらゆる魔法や技術をコピーしてしまうから、時間経過と共に加速度的に強くなっていく。ユニークスキル以外はなんでも使えるんじゃなかったっけ？

こんなチートに勝てるわけないやん……。

「マスターの方が何倍もチートなのに……」

「俺は魔法すら使えねえんだよ!!」

「マスターが魔法なんか使えたらそれこそチートでしょう？　現時点でもマスターが負け

る可能性がある相手はたくさんいますが、マスターが勝てない相手は誰もいませんよ」

「どういうこと？」

　意味が分からんのだが。

「例えばドクやレアンがドラグラガルト《亜竜》と戦って勝てますか？」

「無理だなあ。アレは剣士にとって最悪の相手だ」

「俺だって無理だ。青狼族でアレに勝てるのはヴォルクだけだ」

　マジか……ヴォルクあれに勝てるのか。さすがにレアンに勝ってるだけのことはあるな。ってことは……やっぱりあいつは防御貫通系のスキルを持ってるのがほぼ確定したな。レアンに勝つくらいだし、恐らく間違いないだろう。

「このように普通は誰だって、どうやっても勝てない詰んだ相手がいるものです。ですがマスターにはそれがありません。誰が相手でも勝ちの目があるんです。グーなのにパーに勝つ可能性があるなんて、世界でもマスターだけですよそんなの」

　ああ、カードがあるからどんな敵にもワンチャンあるってことか。まあ、かなり使い方が難しいのもあるが、その名の通り手札が多いということは、チャンスも作りやすいってことなのだろう。

　だが問題は何でもできる分、正解のルートを選ぶのも大変ということである。例えば相手の攻撃に対し、堅い奴なら防御一択、速い奴なら回避一択と、やれることが限られる奴は判断する必要がないのだが、俺の場合防御、反撃、回避、罠《わな》など、その時に応じてどれが最善なのかを瞬時に判断しなければならない。

しかもそれぞれを選択するも、その中でさらに選択肢が存在する。反撃するのも物理、魔法、その他いろいろな方法があり、防御も何で防御するのかが分かれる。それらを見極めて、常に最適な解答を選び続けるのは相当大変である。

というか難易度高すぎ。恐らく今のようにある程度使うカードを決めておいて、咄嗟《とっさ》にどれかを使うくらいのルーティーンを覚えておくのが関の山だろう。普段はカードの節約まで考えて戦う必要もあるから、使う、使わないの判断も重要だ。つまり……物凄《ものすご》く大変ということである。

「何より私自身がマスターの手札の一つなのですよ？」

「そりゃ最強だ」

ドヤ顔のクロエの言葉に、俺は苦笑しながら納得の声を返した。

「あっしまった。クロエ、馬と馬車を買っといてくれ」

「わかりました。もちろんそちらは本物のお金ですよね？」

「当たり前だ。まあ他国と繋《つな》がってるなら贋金《にせがね》でもいいけど」

「わかりました。その辺りは調べて適切に判断します」

そう言ってクロエはその場から消えた。

「帰りは馬車で移動するのか？」

「来る時空から見たけど、国境付近に砦《とりで》っぽいのあっただろ？」

「ああ、あるな」

「そこを通過するときに使おうと思ってな。それにイストリアからリグザールに移動する時にも使うんだし、先に用意だけしておいた方がいいから」

「なるほどね。だが砦通過の時だけってそこまではどうするんだ？」

「まあ、なんか乗り物が出るだろ」

「??」

元奴隷達だけは苦笑していたが、居残り組は頭に疑問符が浮いたままだった。

「明日の朝早くに出発するから、準備だけしといてくれ」

「わかった。今日は早めに寝るとしよう」

その後、子供たちは夕食まで仲良く遊びまわり、大人達は今後のことについて話し合っていた。子供達を見る限り、最初はぎこちなかったコウも、リナレナに引っ張られ、今では仲良く遊んでいる。やはり子供は無邪気だからえげつないことも平気で言うが、その分仲がよくなるのも早いようだ。エミリアも楽しそうに遊んでいるので、移動時は子供達でまとめておいてもいいだろう。

「マスター。馬車の用意ができました」

大人達で話し合っていると、クロエが帰ってきた。

「結構大きめな馬車だな」

買ってきたのは二頭引きの大きな馬車だった。こんなの馬二頭だけで引けんのかよと思ったが……。

「馬じゃねえ!?」

よく見ればこの馬、足が六本ある。

「スレイプニルってやつか」

「おおっ!? 旦那よく知ってるな？　野生のやつはパトリアの草原にしかいないはずなんだが」

ドクによると、パトリアの一部の草原にのみ生息する魔獣らしい。要は野生の馬が魔獣化したものということだろう。通常は草原で魔獣化するなんてことはあまりないらしいので、このパトリアの一部でしか見かけないということだった。基本的に繁殖はしないため、手に入れるにはここパトリアに来るしかないので非常に貴重ということだった。

「よく手に入ったな？」

「この二頭は物凄《ものすご》く凶暴で売れなかったそうです。とりあえずどちらが上かわからせましたので、大丈夫です」

フンスと鼻息が聞こえてきそうなドヤ顔で、クロエが胸をそらせる。どうやってわからせたのか気になるが、きっと聞かない方がいいことなんだろう。周りを見ればドク達も驚《きょう》愕《がく》とともに呆《あき》れた表情をしているので、それが正しい選択であると確信できる。

「取りあえず庭に放しておきましょう」

「つながなくていいのか？」

「わからせましたので大丈夫です」

ちなみにお店だと轡《くつわ》と手綱《たづな》で制御しているらしい。そんなもので魔獣をどうこうできるとは思えないが、どうやらそれは魔道具のようで、その辺りは抑えることができるらしい。まあ見る限りこの二頭にそんなものはついていないんだが。クロエ曰《いわ》く。

「馬車を引くときだけでいいでしょう？　逃げるわけでもありませんし」

とのことだった。まあ人を襲うわけじゃないし、逃げるわけでもないなら別にいいけど。俺はおもむろに、佇《たたず》むスレイプニル二頭に近づいた。するとヒヒーンという嘶《いなな》きとともに普通に襲いかかってきた。

「ふむ」

「!?」

後ろ足で立って上半身を反らし、乗りかかってきた二頭の足を掴《つか》んで止めて殺気を込めると、二頭はすぐにおとなしくなり、足を折り曲げてその場に跪《ひざまず》いた。

「あっそれスレイプニルの服従のポーズらしいですよ。さっきお店で聞きました」

つまりクロエも同じことをされたということだろう。

「全く度《ど》し難《がた》いですね畜生は。主人が従者より弱いわけないでしょう？」

クロエがそう言うと、スレイプニル二頭は震えていた。これ言葉わかってないか？

「スレイプニルは頭がいいので長く聞いていた言葉なら、普通に人語くらい理解しますよ。発声器官の関係で喋《しゃべ》れませんが」

どうやら理解しているらしい。俺の言葉はどの言語にも聞こえるため、恐らくこいつらが理解できる言語に翻訳されているのだろう。

「不便なので名前を付けましょうか」

「じゃあスレイとプニルで」

「……マスターのネーミングセンス酷《ひど》すぎません？」

前例がシロとクロだしな。クロに至っては当事者だしその思いが強いのだろう。

「簡単なのでいいんだよ。忘れないだろ？」

文句が多々出ていたようだが、名前はスレイとプニルに決定した。

そして夕食時。馬車と一緒にクロエは大量の食材も買ってきており、ローナと二人で調理をしてくれた。全くできるメイドである。

「おや？　眠り姫が起きたようですよ」

調理しながらクロエがつぶやいた。全くどんな耳をしているのやら。俺はそのまま二階へと上がり、昨日泊まった客間の扉をノックした。こちらにもノックの文化があるかはわからないが、女の子がいる部屋に入るなら、ノックはするべきとの判断である。

返事はないが、そのままゆっくりと扉を開けると、ベッドの上で上半身を起こした闇子がこちらを見つめていた。

「ここは？」

「俺の部下の家だ。お前を奴隷として買った後に開放した」

「かい……ほう？　……!?」

闇子は最初は何を言われたかわからないようだったが一瞬後、すぐに自分の首に手を当てて首輪を確認していた。

「首輪がない……なぜ？」

「外したからな」

「あれは外れないと言われたが？」

「俺なら外せる。だから外した」

「……何が目的？」

「もう目的は達成した」

「違法で連れ去られた奴隷の解放だよ」

「??」

「そうすることで、俺の嫌いな国が困ることになるんでな。それが目的だ」

「!?」

「……よくわからないけど、解放してくれて感謝する」

そう言って闇子はベッドの上で正座して土下座の体勢をとった。土下座文化あったんだこっちにも。

「別にいいよ。故郷に帰るなら準備は手伝うよ。無一文《むいちもん》だろうしね」

「何から何まで申し訳ない。このご恩は必ず返します」

最初は警戒していたからなのか、かなりぶっきらぼうな印象だったが、話してみるとなんかものすごい律儀《りちぎ》な子だった。

「北の森出身？」

「はい。北の森に住む『月影の一族』、十六夜《いざよい》と申します」

ハリウッド女優も泣きそうなくらいの美形から、いきなり純和風な名前が来たな。

「一人で帰れる？」

「はい。この街に拠点もありますし、そこに行けば大丈夫です」

「……仲間がいるの？」

「はい。王都にも何人かおります」

「なら問題ないか。一応言っておくけど、北の森の手前の草原に守護者を置いたからな。人族以外ならこちらから手出ししなければ襲ってこないけど、注意しといて」

「守護者ですか？」

「狼《おおかみ》とか竜とかいろいろ」

「竜⁉ そ、そんなものが……にわかには信じられませぬが、主殿が言うのでしたらそうなのでしょう」

「主殿？」

「ええ、私を解放してくださったのですから、あなた様は私の主でございます」

なぜかいきなり主にされた。態度も先ほどまでとは打って変わっている。

「解放したんだからもう主じゃないよね？」

「いえ、まだ恩を返せておりませぬ。ならば私は主殿の配下にございます」

律儀《りちぎ》だなあ。あと、固すぎる。ダイヤモンド並みだ。美しさも。

「歩ける？　動けるならとりあえず下に行こうか」

「かしこまりました主殿」

……どうしようかなこれ。その後下の部屋で十六夜をみんなに紹介する。

「月影の一族、十六夜と申します」

「月影!?」

「知ってるのかドク？」

「傭兵《ようへい》の間じゃあ有名な話だ。どんな相手だろうと必ず殺す最強の暗殺者。決して敵には回すなと」

「暗殺者!?　こんな美人が!?」

「あ、主殿……美人なんて……そんな……」

顔を赤らめてモジモジしている様子は、とても伝説の暗殺者には見えない。

「人違いじゃ？」

「いえ、合っています。ただ一つ異なるのは、月影というのは我ら一族の統領の名前であり、そして一族の名前でもあります。我ら一族の長《おさ》が代々月影の名を受け継ぐのです」

なるほど。伝説の暗殺者じゃなく、伝説の暗殺者集団というわけか。

「どうりで正体がわからんはずだ。目撃情報がいつも異なるのも、一人じゃないってなら話はわかる」

そりゃ何人もいるなら毎回違うわな。

「そんな暗殺者が、なぜつかまったんだ？」

「実は我らは現在、とあるものを探しているのです」

「とあるもの？」

「はい。そのため、私は迷宮に潜っておりました」

「そこで何者かにつかまったと？」

「いえ、迷宮は特に問題なく調査を続けられました。しかし、迷宮内の宿が奴隷商とつながっていたらしく、日中寝ているところを狙われた次第」

「あーまあ、やばそうな宿だとありえる話だな」

「現在のこの国で、我らはまともな宿に泊まることなどできませぬ故、選択肢はありませんでした」

なるほどね。亜人《あじん》差別故に普通に亜人が泊まれる宿がない。だが、泊まれる所だと亜人は客ではなく商品というわけか。酷《ひど》いものだ。

「それで何を探しているんだ？」

「鋼殻竜《こうかくりゅう》の角です」

「ぶはっ!!」

お茶を飲んでいたドクが噴き出した。

「きたねえな」

「お、おまっ鋼殻竜の角ってあんなものに手を出すつもりか!?」

「知ってんのか？」

「知ってるもなにも、俺達『吹き抜ける風』が解散したのも鋼殻竜に襲われたからだ」

その言葉にローナも顔色が悪い。確かドクと同じクランにいたと言っていたし、思い当たることがあるのだろう。

「しかし、姫様を治すにはこれしかないのです」

「あー察するに姫様とやらが特殊な病気になって、それを治すのに必要なのが鋼殻竜の角ってことか？」

「さすがは主殿!!　見事な慧眼《けいがん》です」

そりゃそんな話ならパターンは決まってるからな。

「で、鋼殻竜の角ってそもそもどんな効果なの？」

「あらゆる病気に効くといわれています」

答えたのは薬師《くすし》であるルナだった。さすがに薬には詳しいようだ。

「鋼殻竜の角が必要ってどんな病気なんだ？」

「黒呪病《こくじゅびょう》です」

「あーそりゃあアレが必要ってんならそうだよなあ」

「知ってるのか？」

「むしろ旦那はなんで知らないんだ？」

「俺のとこにはそんな病気はなかったからな」

「……うらやましい限りだ。黒呪病ってのは全身に黒い斑点のような模様が広がっていく

病気だ。どんな魔法も薬草も効かなくて、一年かけてゆっくりと全身に模様が広がってい
って最後には真っ黒になって死んじまうんだ」
なるほど。だから黒呪病《こくじゅびょう》ね。
「でもどんな薬も効かないんじゃだめじゃん」
「それが数十年前だったか、万病に効くっていう鋼殻竜《こうかくりゅう》の角が出回ったとき、黒呪病患者
にも効いて完治したって話があるんだ。だから鋼殻竜の角はとんでもない値段で取引され
てるんだ」
「へー、いくらなの？」
「時価だからわからん。今じゃもうほとんど市場に出回ることはないから、ちょっとの粉
末でも最低金貨五十枚はするんじゃないか」
「ずいぶんと高いな」
「そりゃほとんど出回ることがないし、なによりほっといても腐ることもないからな。少
量でも手に入れて保存しておけば、これほど安心できることはないだろ」
万能の置き薬ってわけか。そりゃラッパのマークもいらんわな。でも逆に高すぎるとも
ったいなくて使えない気がするが。
「そんな貴重ならハンターが狙うんじゃないか？」
「鋼殻竜を倒したって話は一度も聞いたことがないけどな。俺達だって死に物狂いで逃げ

るのが精いっぱいだったし。出向いた騎士団が全滅したとかそういう話ならいくらでもあるぞ」

「じゃあ以前はどうやって出回ったんだよ」

「手に入れるには、鋼殻竜が自然死とかなんらかの理由で勝手に死ぬのを待つしかないんだよ。そのときはたしか縄張り争いだかの怪我《けが》が元で死んでたって話だ」

「なるほどね。で、十六夜はどうやって手に入れるつもりなんだ？　当てはあるのか？」

「ありません。仲間で手分けして各国を回っていますがどこにも……ですが、すでに姫様が倒れられて半年になります。もう時間がありません」

「まぁ持ってるなら貴族だろうな」

「しかし、貴族にわれら亜人《あじん》が接触できるわけもなく……本来この国での調査は危険なため、行わないということだったのですが、各国に散った仲間達からも良い連絡がなく、長老達の反対を押し切って私一人で調査をはじめたのです」

「それでその結果がこれか」

十六夜は顔を俯《うつむ》けたまま一瞬ビクッと体を震わせた。

「迷宮都市にならあるのでは、と探っていたときに目を付けられたのでしょう。宿でつかまってごらんのありさまです」

「ふむ、話を聞く限り薬の手がかりは全くないように見えるんだが？」

「ぐっ……たしかにありません」

「だれか鋼殻竜《こうかくりゅう》のいる場所知ってる？」

そう言って周りを見渡すと、ルナが恐る恐る手を上げた。

「たしか私の住んでいた村の南に生息していると聞いたことがあります。今でもハンターの方がたまにいらっしゃいます」

「確か王都から東にあるリブル村だったたっけ？」

「はい」

「マスターよく覚えてましたね」

「たまたまな」

人の名前以外なら意外と覚えているのだよ。

「まあいる場所がわかっても倒せなきゃ意味がないけどな」

「ぐっ……」

まあ、ドクの言葉ももっともである。倒せなきゃどこにいるかわかったところで、意味がない。

「でも、このままでは姫様が……」

「単純な話だけど聞いていい？」

「？　なんでしょう？」

「それエリクサーじゃ駄目なん？」

「……エリクサーは鋼殻竜の角よりはるかに取得難易度が高いのです。金貨がないから白金貨を用意するといっているようなものです」

「へえ、そうなんだ」

「マスター、鋼殻竜の角はあくまで後天性の病気にしか効果がありません。生まれ持ったものには効果がありませんし、呪《のろ》いなどにも効果はありません」

「なんだ。全然万能薬じゃないじゃん」

「普通の薬に比べれば万能薬と呼んでも差し支えない効能だと思いますよ？」

俺の言葉にルナが反論する。薬師《くすし》の視点からすれば万能薬といっても差し支えないのか。

「鋼殻竜の角は王家に献上されて、粉末とはいえ王家から各貴族の家にそれなりに下賜《かし》されたらしいからな。昔は金に困った貴族が売り出したのが世間に出回ってたから、探せばそれなりに見つかる可能性があるってわけ。エリクサーよりもよっぽど手に入れやすいはずだ」

なんだ。そんな裏があったのか。それなら確かに角の方が手に入りやすいだろうな。

「問題はそれが十年以上昔の話なんで、今更見つけるのは大変てことだ」

ああ、それなら貴族の家を回るしかないな。しかし、亜人《あじん》差別の酷《ひど》い今の時期にそんなことをするなんて自殺行為にも程がある。

「貴族の家に忍び込んで調べたり、商人などを当たってみましたがどこにもないどころか、手がかりすらない状態で……」

「それでなんで迷宮の中の街へ？」

「迷宮都市の下の街には、上位ハンターに何かあった時に助けるために、鋼殻竜《こうかくりゅう》の角の粉末がハンターギルドに常備されているという噂《うわさ》を聞きまして……ありませんでしたが」

「あー確かに話としてはあり得るな」

「いえ、あるにはあったのですが、随分昔に使われていました」

ああ、確かに使わなきゃ持ってても意味がないものな。使うときが来たらそりゃ使うよな。それでも使わないのがエリクサー症候群なんだが。

まあ、俺や親父のことだ。親父のゲームのセーブデータを見る限りエリクサー系統のものは一つも使った痕跡がなかったからな。多分俺と同じタイプなんだろう。いや、俺が似たのか……。

でもこの世界でそんなことを言っていると大切なものを失う可能性があるから、そんな悠長なことは言っていられないのだ。

一瞬の躊躇《ちゅうちょ》で嫁を失ったとかになったら俺は一生後悔するだろう。ゲームみたいに簡単にやり直せるのなら取っておくが。

「クロエ」

「ここに」

阿吽《あうん》の呼吸で、クロエが収納にしまっていたエリクサーを差し出す。

「エリクサーあるんだけどどうする？」

「!? ほ、本物ですか？」

「リグザールの迷宮で俺が取ってきた本物。元はドクの娘に使う予定だったんだけど、彼女はカードで治したから使わなくても済んだんだ。余ってるけどどうする？」

「い、いくらなら譲ってもらえますか!! 私の体で済むのなら一生を捧げます!! だから何とぞお譲りください!!」

十六夜はその場に土下座した。

「そうだな。月影の一族が俺の配下になってくれるならいい」

「配下……ですか？」

「まあ、いやなら俺の依頼した仕事を優先的にやってくれるだけでいいよ」

「そ、そんなことでよろしいのでしょうか？」

「諜報系《ちょうほうけい》の配下は欲しかったけど、無理に頼んだら裏切られるかもしれないからな」

「な、なんという器の大きさ。まさに我らが主に相応《ふさわ》しいお方。主様のこと、必ずや統領にお伝えいたしましょう」

そう言って十六夜は再び頭を下げた。

「それじゃ夕食にしようか」

すでに夕食はできているので十六夜も一緒に夕食を取り、その後エリクサーを持って仲間の元へと去っていった。かなりの薄着だったので、身を隠せるようにと、この街で亜人《あじん》がよく着ている外套《がいとう》を渡しておいた。

夕食も終わってのんびりしている時にふと、コウに尋ねてみた。

「コウはなんで奴隷になったんだ？」

そう聞くとコウは歯を食いしばり、手を握り締めて俯《うつむ》いたまま絞り出すように答えた。

「……捨てられた」

たどたどしい言葉だったが、コウは捨てられるまでのことを語ってくれた。つい最近までは普通に生活していた。だが、つい先日の満月の夜、体が熱くなったと思ったらいつの間にか狼《おおかみ》の姿になっていた。

それを見た母親は絶叫し、村長の元へと自分を連れて行った。そこで言われたのは獣の姿になるのは亜人としての禁忌《きんき》に触れることであり、それは別名《魔に魅入られた》といわれること。そして《魔に魅入られた》者はいつしか本当の魔獣となり、人々を襲うということ。それを聞くと母親は化け物と言い残して、姿を消した。

残されたコウは縄で縛られ、村の若い男達に森の奥へと連れて行かれて置き去りにされた。フェリアやレアン達もそうだが、狼族は掟《おきて》により同族殺しができないらしい。そのため、自分達の手を汚さず、森の魔物に任せて処分させようとしたのだろう。

だが亜人の姿に戻っていたコウは死ななかった。再び狼の姿になり、縄から抜け出した。村に帰ってもまた処分される。だから村には戻らずに森を彷徨《さまよ》い歩いた。幼いながらもそこは伝説の黒狼族、魔物に襲われながらもなんとかそれらをかいくぐり、森で生きてきたのだという。その後、空腹でフラフラのところを人間達に捕まったと。

話を聞き、小さな子供以外の亜人は皆怯《おび》えたように少年を見つめていた。亜人に伝わる禁忌というのはすべての種族に受け継がれているのだろうか。

そういう言い伝えで子供の頃から恐怖を植えつけているのだろう。しかし、それが本当ならいずれこの子は魔獣になるということだ。

人を襲う存在ならたしかに処分されるのは仕方ないだろう。それが本当なら、だ。俺はズボンのポケットからカードを取り出した。

「54セット」

№.054UC：完全解析　対象の詳細な情報を取得できる。

名前：コウ
種族：黒狼族
年齢：六歳
身長：百十七センチ
体重：十九キログラム
座高：六十三センチ
好きな食べ物：肉
嫌いな食べ物：野菜全般
ステータス：正常
生命力：百十／二百四十
魔法力：百五十／二百
高位発動スキル
スキル1：獣牙月光《じゅうがげっこう》
スキル2：神狼獣化《しんろうじゅうか》

獣牙月光：月齢により戦闘能力に補正がかかる。満月に近いと身体能力が上がり、新月に近いと魔力が高まる。月が出ていなくても効果がある。
神狼獣化：獣の姿に変化することにより、戦闘能力が格段に上がる。しかし戦闘中に我を忘れた場合、そのまま魔獣化する可能性がある。

四人兄弟の末っ子。高すぎる能力を隠していたために、できの悪い子供として兄達だけでなく、村の子供達にもいじめられて育つ。

母親は愛情を注いでくれていたが、獣化して以降、その目はまるで自分を化け物として見ているようだった。

父親は早くに亡くしているため顔も知らない。父親の死因は魔物との戦闘における怪我《けが》によるもの。

母に言われた化け物という言葉を心に強く残しており、自身を化け物と思っている。


わかった情報をまとめるとこんな感じだ。ずいぶんとハイスペックな気がする。やせ気味な感じがしたが実際やせているようだ。しかし……なるほど、魔獣化ってのは獣化した後に、怒りに我を忘れて暴走状態になった場合になるのか。

戦闘能力が上がるなら、そりゃ怒ったら獣化するわな。怒りに身を任せるとそのまま身を滅ぼすってわけか。

しかし、逆に言えばそれさえちゃんと制御できるならこれほど心強いスキルもないだろう。その辺りをよく教えていけば魔獣化は防げそうだ。

しかし、化け物か……こんな子供がそんなことを考えるなんてな。信じていた母親に裏切られればそうなるか。さて、どうするかな……。

「予想した通りだ。狼《おおかみ》の姿になるのは『獣化』っていうスキルのせいだ」

「はあ？　そんなスキルがあんのか？　初めて聞いたぞ」

ドクが驚いた顔で聞いてくる。そもそもスキルなんて全部わかっているわけじゃないだろうに。

「その獣化状態で怒りに我を忘れると魔獣になってしまうみたいだ。だから怒ったときに獣化しなければいい。それだけで後は普通の子供と一緒だ」

「俺……化け物じゃないの？」

恐る恐る怯《おび》えたような表情でコウが聞いてくる。俺はコウの頭を撫《な》でながら答える。

「ああ、お前は化け物なんかじゃない。お前なんて俺からみれば、ただ狼に変身できる子供だ。本当の化け物ってのはな……今お前の目の前にいる奴のことだ」

そういうとコウは目をパチクリさせながらこちらを窺《うかが》っている。

「あー確かに旦那は化け物かもな」

「お前には後で特別に奥義を体験させてやろう」

「なんで!?」

「昼にレアンに食らわせても生きてたから、きっと大丈夫だ」

「……あれか」

「どんなのだ？」

「俺は丈夫なのだけが取り柄だったんだがな……生まれて初めて死にかけた」

「それ絶対俺だと死ぬやつじゃん!!」

　普通の人間なら爆散していてもおかしくない威力だったはずなんだがな。よく生きてたよなレアン。

「最後にもう一回確認するけど、コウは村に帰りたいか？」

　そう聞くとコウは俯《うつむ》いて首を横に振った。わかっているのだろう。どうせまた捨てられることを。そして今度はもっと確実に処分されるということも。その可能性がわかっていながらも俺は念のため確認しておいた。どうしても帰りたいというのなら、そうさせてやろうと。

「なら俺達と一緒にいればいい。獣化スキルは扱いが難しいだろう。だからこれから魔獣にならないように訓練しないとな。だいじょうぶ、俺が付いてるからなんとでもなるさ」

　俺が付いてたところでどうにもならない気がしないでもないが、安心させるために、まるで獣化スキルに詳しいように語った。

「一緒に行ってもいいの？」

「もちろん。ただ、違う国に行くことになるけどいいか？」

「うん！」

コウは初めて笑顔を見せて頷《うなず》いた。なんかどんどんしがらみが増えていってる気がしないでもないが、自分から関わった以上なんとかしよう。

とりあえずはこの子達が泣いて過ごさなくてもいいように。

60. 再びイストリアへ

「よーし、忘れ物ないな？　それじゃイストリアに向けて出発するぞー」

翌朝。俺の掛け声で全員馬車に乗る。リグザールに行く前に、グリモワールの屋敷に寄るのだ。

かなり大きな馬車なので全員乗れた。それを軽々と引くスレイとプニルは、さすがは魔獣だけのことはある。ちなみに御者はクロエである。本当に何でもできる女である。

「家ごとってまさか本当に家が丸ごとなんて……」

そう。ドクの家は収納に丸ごとしまった。後に残されたのは完全な更地《さらち》である。元々郊外で少し外れたところに建っていた家で、隣家も離れているため、更地になっても地元民でもなければすぐには気が付かないくらいに違和感はない。

「これでこの街ともお別れか」

「別にいつでも来られるだろ」

「……まあ、確かに旦那ならなあ」

「どういうこと？」

俺の言葉にドクは納得するが、ローナは何を言っているか理解できていないようだ。まあそれが普通である。違いはヘリに乗ったことがあるかどうかだから。

「イストリアから二時間でここまで来られるなら、そりゃ近所の散歩感覚だわなあ」

「二時間⁉ど、どうやってそんな短時間で移動できるの⁉」

ローナだけが驚いている。他のメンバーはヘリに乗ったことがあるか、そもそもイストリアを知らないから。

「空を飛ぶんだよ」

「そ……ドク？」

「う、嘘《うそ》は言ってない‼　本当なんだ‼」

「全くドクは……いくら奥さんだからってそういう嘘はいかんなあ」

「旦那⁉」

「ほらっキッドさんもそう言ってる」

「ち、違う‼　これは罠《わな》なんだ‼　信じてくれ‼」

ドクは必死にローナに弁明する。

「全く……キッド、冗談もそれくらいにしてあげなさい。ドクさんが可愛そうでしょ？」

「レア……君は俺よりドクを取るんだね」

「え？」

「君を愛している。だが愛している故に君がそいつがいいというのなら、俺は潔く身を引こう。君の幸せがなにより俺の幸せだから……」

俺は悲しそうな顔でレアにそう告げる。

「え？　ええ⁉　ち、違う‼　そ、そんなんじゃなくて、わ、私が好きなのはあなただけで、そんなつもりじゃ――」

「お嬢様。キッド様にからかわれてるだけですよ」

「え？」

エペにそう言われ、思わず笑いがこぼれてしまった。

「ああっ⁉　酷《ひど》い‼」

「相変わらずレアはかわいいなあ」

「⁉　もう知らないっ‼」

レアは顔を真っ赤にしてそっぽを向いてしまった。ドクは完全に放置である。

「キッド様。お嬢様は純粋で信じやすいのです。あまりからかいませんよう」

「わかってる。ごめんなレア。愛するレアが他の男を庇《かば》うからつい」

「あいっ⁉　ま、まあそうまで言うなら許してあげてもいいわ」

一瞬で機嫌が直った。ちょろ過ぎて可愛すぎかこいつ。

「そこがまたいいのですよ」

一言もしゃべってないのに視線だけで完全に俺の思考を読んだエペが答えた。さすがは忠臣だけのことはある。クロエもこれくらい忠誠心に富んでくれたらいいんだがなあ。

『私ほど忠誠心溢《あふ》れる従者はこの世におりませんが？』

まあ、そういうことにしておこう。

門を通過し、しばらく進んだ後に街道を外れる。そして全員を降ろして馬車を収納へとしまう。

「３５４セット」

№３５４Ｃ：四輪車両　魔力で動く四輪車を作成する。どんな車両ができるかはランダム。車両は一度動かすと、五分間同じ場所に停止したら消滅する。

今度出てきたのは……ダンプカーだった。

「……まあ乗れるか」

結構荷台が深いので、スレイとプニルも余裕で乗れる。驚くメンバー達を荷台に乗せて俺は運転席へと座った。

「なんでいるのかな？」

なぜか助手席にはレアが座っていた。

「いいでしょ別に」

顔を赤くしてこっちを見てくれない。

「まあ、いいけど。それじゃ行くぞー」

窓から顔を出して後ろに叫ぶ。エンジンスイッチを押すが全然振動がない。これもエンジンじゃなくてモーターっぽいなにかだな。俺は静かに車を発進させた。ちなみにオートマ車のようだが、相変わらずハンドルの下からコントローラーが出てくる。今回はそれを使わず、普通に自分で運転をしていくことにした。

「動いてる⁉　馬もないのに⁉」

ヘリに乗ったことがあるくせに、なぜかレアが驚いていた。そのまま順調に車を進めていく。信号はないが、野生の動物がいるし、道が悪いので結構運転には気を遣う。

「ん？」

しばらく運転していると、何やら股間に感触が。横を見るとレアが顔を赤くしてこちらを見ていた。

「どうしたの？」

「だって……昨日の夜できなかったし……」

そう。昨日は子供達も一緒の所で寝たので、さすがに夜の大運動会は開催できなかったのだ。

「だからって運転中にお前……」

「……駄目？」

可愛く首を傾げながらそんなことを言われたら……襲うしかないでしょうが!! しかも制服姿ですよ!! 俺はナビを操作し、自動運転モードに切り替えた。ヘリと同じで自動運転が付いているのだ。どこまで自動で行けるのかはわからないけど、基本的に草原が続くので大丈夫だろう。

俺は助手席に移動すると膝の上にレアを乗せ、対面座位の状態で抱き合った。

「全く。悪い子だ」

「こんな悪い子嫌い？」

「大好き」

そう言って口づけを交わす。最初はちゅっちゅっと軽い口づけから段々舌を入れる濃厚なキスになってくる。すでに俺の手はレアの制服の下に潜り込んでおり、胸を揉《も》みしだいている。

「大きくなくてごめんね？」

「十分あるだろ。それに大きい小さいなんて関係ない。レアのだからいいんだ」

「キッド……好きっ!!」

ますますレアは興奮して抱き付いてくる。すでにスカートの中の俺の手からは水音がし

ている。

「もうおっきくなってる」

「当たり前だろ。愛する奥さんとこんなことしてたら」

愛する少女との夢の制服エッチである。こんなの興奮しない方がどうかしている。下手したらもう学院で会っただけで押し倒してしまいそうだ。

見つめ合った後、中間地点である国境の砦《とりで》に到着するまでの三時間、愛の大運動会が開催されたのだった。

砦が視認できるようになったところで、近くの雑木林の付近に車を停《と》める。トイレ休憩も兼ねているからだ。

「皆降りろー馬車に乗り換えるぞー」

さすがに砦はダンプカーでは通れないだろう。いろんな意味で。

「レアお姉ちゃん大丈夫なの？」

車から降りて来るなりエミリアがレアに心配そうに尋ねてきた。

「?? 何が？」

「だってお姉ちゃん苦しそうだった」

「私が？」

「だって死んじゃう死んじゃうって……」

「!?」

「あの……お嬢様……聞こえてました」

「い――いやあああああ!!」

レアは真っ赤になった後、手で顔を覆ってしゃがみこんでしまった。それはそうだろう。自らの痴態を聞かれてしまったのだから。それも忠臣であるエペだけでなく子供達にまで。

「マスターハッスルしすぎじゃないですか？」

「レアが可愛すぎてつい……」

「つい……じゃないですよ。子供の教育に悪すぎます。まあ、気づいた時すぐに子供達は後ろの方に移動させて、レアンとドクに任せましたからいいですが」

「本当にすまんかった」

エンジンの音が全くしないダンプカーは、思いのほか静かだったようだ。そして運転席のほぼ真後ろにいたメンバーにレアの痴態が聞かれてしまったと。レアは興奮して乱れてたからなあ……。

「お姉ちゃん大丈夫？　痛いの？」

「だ、大丈夫よ。ありがとうねエミリア」

しゃがみこむレアをエミリアが心配そうにのぞき込む。

「大丈夫ですよ。痛いどころかむしろ気持ちい——痛っ」

「子供の前でそういうことを言うんじゃない」

クロエの頭を叩《たた》く。

「そういうことをしていた張本人はどこの誰なんでしょうねえ？」

「ぐっ……」

痛いところを……。

「いい加減にしないと、このままだと本当にアンジュ達より先に孕《はら》んじゃいますよ？」

「だって……レアがかわいいんだからしょうがない」

「!?　……馬鹿」

言いながらレアはそっと俺の袖をつまんでくる。ナニコレかわいすぎるんですけど。

「はいはい、ラブラブなのはわかりましたから。レアはこれ飲んでください」

「これは？」

「避妊薬です。アフターピルといえばマスターならわかりますか」

「ああ、なるほどね」

「リグザールで売ってるんですよ。いつもアンジュとアイリ以外が飲んでいるやつです。

レア、あなたわざと飲みませんでしたね？」

クロエのその言葉に、レアは視線を逸《そ》らす。

「全く……私がいなければレアがマスターの第一子を出産していたところでした」

「だって……あんなこと言われたら……」

「だってじゃありません。あなたも納得してたでしょう？」

「……はーい」

レアは渋々とだがクロエの言葉に納得した。

「しかし、そんな薬あったんだな」

「あの錬金術師の作品の一つらしいです」

「あーあの子か。そういえばあの子どうしてるんだろ？」

あの子ことアルケミスト《錬金術師》・ピオネイロ。通称ピオちゃんである。

「前見た時はアルシムとリカルドと一緒にまだ船を調べてましたよ」

「あいつらさあ……」

「まあ、あの錬金術師ピオネイロはリグザール王の命令で飛行船を調べてますから、いうなれば一応仕事の扱いですからね。他のは完全に趣味でやっていますけど」

「リカルドの奴、自分の家族がどうなってるか知ってんのかあいつ？」

危うく父親も妹も死ぬところだったどころか、下手したら国がなくなってた可能性だってあった。呑気《のんき》に研究とかしてる場合じゃないだろうに……。

「どこに行くの？」

馬車に乗り換え、のんびりと砦《とりで》へと向かっていると、エミリアが急に思い出したように聞いてきた。

「リグザールっていう国よ」

「お姉ちゃんたちもいくんだよね？」

「どうして？」

「だってお姉ちゃんいっちゃう、いっちゃうっていってたもん」

「いやあああああああああ!!」

馬車内に再びレアの絶叫が響き渡った。

「ふう、ここまでくればいいだろう。乗り換えよう」

砦を難なく通過した後、再び街道からそれた場所で車に乗り換える。ちなみに今度出たのは……マイクロバスだった。

「さっきと違うねえ」

「屋根がある!!」

「さっきよりおっきい？」

子供達も大はしゃぎである。そのまま全員乗せ、俺は再び運転席へ。子供達が一番後ろの席に行くかと思いきや、なぜか女性陣が全員一番後ろの席へと集まっていた。子供達は窓に張り付いて、外の景色を見ているようだ。

「で、レアンどこ行った？」

俺はなぜか運転席のすぐ後ろにいるドクに尋ねる。するとドクは天井を指さした。

「まさか……」

「狭いところは落ち着かないんだと。あと、訓練になるからって」

あいつ屋根の上に乗ってやがんのか⁉

「落ちても止まってやんねえからな」

俺はバスを発進させた。

「旦那。今後の予定はどうなってる？」

「お前らがグリモワールで何泊かしてる間に、俺は一人で迷宮に行ってくる。旅の準備ができ次第、お前らはそのまま馬車でリグザールに向かってくれ」

「俺達は迷宮に行かなくていいのか？」

「たぶん行ったら死ぬ」

「……なんでわかるんだ？」

「迷宮ってさ、実は現在の難易度が、ある方法でわかるんだ」

「本当か⁉」

「基準がわからんが、難易度五百で竜が出てきた」

「へえ。それでイストリアのは？」

「七万」

「……は？」

「イストリアの難易度は七万だ」

「……ドラゴン出るのが五百なのに？」

「うん」

「ふざけんな!!　生きて帰れるわけねえだろ!!」

マジで俺もそう思う。他人を庇《かば》う余裕はない。いざという時俺一人ならどんな場所からでも逃げることはできるからな。だからクロエは同行するがソロで向かうつもりだ。

「ちなみにお前がクリアできないって言ってたパトリアの迷宮な……難易度十二万だそうだ」

「じゅっ!?　もう何が出てくるのかすら想像ができねえよ……」

古代竜どころか真竜出てきそうだよなあ。何せ星を破壊できるやつだからな。ラスボスで出て来るなら絶対戦わないで逃げるだろ普通。

「ってことで俺だけで行くから、お前は自分の家族とルナ一家を守りながらリグザールを目指してくれ」

「それはいいけど、さすがにレアンと二人で守るのはきついぞ？」

「クロエを付けるから大丈夫」

「そりゃ安心だ」

ドクにもクロエの強さは理解できているのだろう。まともに戦って勝てる奴いないからな。

「普通は護衛を雇うのか？」

「商人や貴族は雇うのが普通だな。一般人が家族で国を跨《また》いで移動するようなことは聞いたことないんでわからんが、護衛なしだと、普通に死ぬつもりだと思われても仕方がないことだと思うぞ」

まあそうだろうなあ。魔獣が普通にいるような世界でそんなの、ソマリアを丸腰で歩くようなものだからな。

「どっかの商隊についていった方がいいかもしれんな」

「子供が多いから、それはそれで問題が起きる可能性もあるが……いいところがあったら入らせてもらうか」

「あっそうだ。ソリドに頼めばいいんじゃないか？」

「ソリドってグリモワール卿《きょう》のことか？」

「貸しがたくさんあるからな。貴族が信頼してる商人がいたら紹介してくれるだろうさ」

「そりゃいい。貴族御用達の商隊を襲う盗賊はいないからな」

「なんで？」

「貴族に手出すってことは国に手出すってことだからさ。それこそ国を挙げて反撃されることになる。だから手を出してきたらそいつらは盗賊じゃないってこと」

「他の誰かの思惑があるってことか……怖いねえ」

盗賊を偽装して襲ってくるナニかである。近隣の貴族の手先だったり、または他国の工作員だったりといろいろだ。魔人の手の者ってことは考えづらいかもしれんが。商隊を襲う意味がわからんし。

一方その頃、バスの最後方の座席では訊《じん》も――女子会が開かれていた。

「で、どうだったの？」

「ど、どうって？」

「あんな声出してるくらいだもの。きっとすごかったんでしょ？」

「お嬢様。私も詳しく聞きたいです」

レアが女性陣に囲まれ、取り調べを受けていた。

「ふ、普通よ。な、なにも特別なことはしてないわよ？」

「普通だったら死んじゃう死んじゃうなんて叫ばないと思いますが？」

クロエの、どストレートな言葉が直撃したレアは、顔面真っ赤で俯《うつむ》き、肩をぷるぷると震わせて撃沈した。

「うちはそんなに乱れたことないんだけど……ルナはどう？」

「わ、私もそんなふうになったことはありませんね」

「え、エペはたまになってるもん!!」

「ええ!? そ、そんなはずは……」

「もうだめっ!! ゆるしてっ!! って言ってるの聞いたことあるもん!!」

その流れ弾《だま》で、今度はエペが撃沈した。

両側をローナとルナに挟まれ、前の座席をフェリアとエペ、通路をクロエに囲まれ、完全に逃げられないように包囲されたレアは観念したように語りだした。

「で、実際どうだったのレアちゃん？ 詳しく教えて？」

「その……座ってるあいつの上に向かい合って座って……」

「座って？」

「下着は脱がずにずらしてそ、そのままつながって……」

「そのまま!?」

「その……道のデコボコで車が振動するたびに直《じか》にそれが伝わってきて……」

ゴクリ。誰かが唾を飲む音が聞こえていた。

「たまに大きく弾んだ時にものすごく深く突き刺さって……それが連続したとき気持ちよくて死んじゃうかと……」

「そ、それはすごそうね……」

「何度かイッってる最中に大きく弾んだ時があって、その時にあまりにすごくて思わず死んじゃうって……」

その光景を女性陣は想像してしまい、あまりのことに全員顔を赤らめた。

「私って結構きつい性格してるでしょ？　学院ではべたべたするようなことはしないし、あいつもそういうことしないんだけど……抱かれてるときに耳元でやさしく愛してるとか、かわいいとか、俺の子を産んでとか言われたら、もう何がなんだかわからなくなっちゃって……」

「ああ、その時なんですね。産む!!　キッドの子供産むから!!　だから一番奥に出して!!って叫んでたのは」

「いやあああああ!!」

クロエの暴露に、三度目のレアの絶叫が響き渡った。

「お、お嬢様だけずるいです!!」

「そうですよレア!!　私にもお情けを譲ってください!!」

「そ、そんなこと私に言われても……」

エペとフェリアの追及にレアは戸惑う。

「マスターとレアは本当に体の相性がいいのでしょうね。普通セックスというのはお互いがお互いを思い、どうすれば相手が気持ちよくなるのか、相手のことを思いながらするものです。レアはまだ自分が気持ちよくなることで精いっぱいで、マスターのことまで考えていられないにもかかわらず、聞く限りマスターと同時に達していることから、本当に体の相性がいいことがわかります。あとはマスターがどうすれば気持ちいいのか、どうすれば嬉《うれ》しいのかを知るために、もっとマスターをじっくり観察してみるといいでしょう」

「……クロエ先生!!」

いつの間にかクロエはレアの先生になっていた。いや、確かに嫁たち全員の先生でもあるのだが。主に性の。

「ああ見えてマスターは結構繊細で思いやりがあるのですよ。街へ出かけた時など、かならず道の広い側を歩いて馬車が通った時にすぐに庇《かば》えるように位置取りしますし、男が近寄ろうとすると必ずさりげなく間に入ります。それに常に全員を守れるように、全員のほぼ中央に位置取りするんですよ。買い物してるときも商品と同時に嫁の顔もしっかり確認してて、どれを見てるときにどんな表情をしてるのかチェックしてます」

「……」

初めて聞く情報に、レアもエペも言葉が出なかった。そんなこと気にしたこともなかったのだ。

「ただ愛されるのもいいですが、それに甘えていてはいつかは飽きられますよ？　相手のことをもっとよく知ろうと思うのが恋の第一歩です。すでに嫁として認められたからといって恋ができないわけではないのですよ？」

「「!?　さ、さすがはクロエ先生!!」」

主従だけあって、レアとエペが同時に叫んだ。

「人が持つ愛には総量があります。愛する人が複数いる場合それを分け合うことになるわけですが、自分のことをよく知っている人と知らない人なら、普通知っている人の方が好きになりませんか？」

「「なります!!」」

「例えばこんなの好きだったよね？　とかこんなの得意だったよね？　とか言われたら、ああ、この人は自分のことをよく知ってくれているんだな、なんて思うわけですよ。それがいつの間にか愛《いと》しいという感情になるわけです」

「「おおっ!?」」

「貴族としては難しいかもしれませんが、嫁になる前にまずは恋人として、お互いを深く知り合うのがいいでしょう。それによって本当の愛が芽生えるかもしれません」

「「さすがクロエ先生っ!!　勉強になります!!」」

「後はセックスについてですが、自分から全く動かない、あるいはされるがままの女を、マグロと呼びます」

その言葉にローナとルナの心臓がはねた。いや、実はレアとエペも同じである。

「先ほども言いましたが、本当のセックスとは相手を喜ばせようという気持ちが必要です。つまり自分だけでなく相手も気持ちよくなければいけません。セックスは男が動くだけではありません。女が主体で動くパターンもあるのです」

その言葉に女性陣の喉が鳴った。

「まずは今日レアが行った対面座位ですが、これは基本的には女の方が腰を動かした方が気持ちいいです」

「え？」

「こう、腰を捻《ひね》るように右に回したり左に回したり、前後に振るのもいいです。自分の気持ちいいところが当たるようにしましょう。こうすることで男は自分で動かなくてもいいため非常に楽になり、体力温存ができます。そして女は自分の好きなようにできるのでより気持ちがいいと、まさにウィンウィンの関係です」

「うぃ？」

「ああーお互いいいことずくめということです」

「なるほど」

「これは座位に限らず、男を寝かせてそのまま女が上に乗った騎乗位でも同じことが言えます。腰を振るのは意外に疲れますので、普段から乗馬などで体力をつけるようにするといいでしょう」

「「わかりました先生!!」」

「次に――」

こうしてクロエの性講座はグリモワールに到着するまで延々と続いた。

後にクロエが語ったその時の様子は、

「なぜかレアとエペよりもローナの食いつきが一番すごかった」

と、クロエがどん引きするほど、人妻の性への渇望がすごかったらしい。

61. イストリアへ

砦《とりで》を通過してから数時間。辺りはまだそれほど暗くなっていない夕方間際。ようやくグリモワールの都市が見えてきた。

「ようやく着いたか。行きがあまりにアレだったんでなんか長く感じたが、普通の馬車を考えると信じられないくらい早いんだよなあ」

馬車で移動する時、この世界の場合確か時速十キロも出ないとクロエに聞いた。

何せ道が舗装されていないのだ。速度が出るはずもない。そして山ではないが丘くらいの場所はたくさんある。

そしてなにより馬は途中で交換する必要があるのだ。点在する小さな村には馬屋と呼ばれる場所があり、そこで代金を払って馬を交換するのだ。

これには馬の見極めが必要であり、見る目がない者は駄馬を売りつけられて大変な目に遭う。そのため、旅をする者にとって馬を見分ける能力は必須らしい。

パトリアはかなりイストリア寄りに王都があるため、かなり距離的には近い。だがそれはあくまで直線的な距離である。

街道はかなり曲がりくねっており、平坦でない場所も多い。そのため、馬車での移動はどんなに早くても十日前後はかかるのが普通である。

移動の規模にもよるが、大人数での移動となればその何倍もかかるし、荷物があればさらにかかる。それが僅か半日で着いたのだから相当早いはずだ。

「まさか隣国に半日で行けるなんて……」

元ハンターであるローナは国境を越えて移動することもあったので、かなり驚いている。これが普通の反応だ。しかし、普通の反応をしてくれるのが彼女だけなのが残念である。何せ他を見渡せば、ヘリに乗った仲間か、子供、旅を知らない狼《おおかみ》族、土地勘のない主婦と、それ以上のものを知っているか、わからない奴しか見事にいないのである。

「それじゃ馬車に乗り換えるぞー」

街道から少し外れた場所でバスを降り、再び馬車へと乗り換える。

ちなみにスレイとプニルはバスに並走してついてきていた。スレイプニルは普通に時速六十キロ以上で走れるのだ。それにしても何時間も走りっぱなしが可能なのかといえば……できる。

丸一日走りっぱなしとか平気でする魔獣らしい。だが疲労はするので、速度が落ちる可能性を考えて、あるカードを使った。

№.３４６Ｃ：継続回復　一定時間体力が回復し続ける。

このカードは、怪我《けが》とかは治せないが、体力が次第に回復していくのである。似たようなカードは他にもあるが、一番効果が低いのがこのカードだ。

自分でテストしたところ、約一時間効果が続き、その間は普通に走り続けることができた。それをスレイとプニルに使ったのである。一応一時間ごとに休憩を入れてかけなおしたので、ほぼ休みなくついてきていた。

「たまにはのんびりした旅も悪くないな」

「……のんびりの要素がどこにあったのかわからないが、まあアレに乗れる旦那ならそうなんだろうなあ」

アレとはヘリのことだろう。俺は実際、馬車などでの旅はほとんどしたことがない。ハンターとしての依頼の場合は、アイリを背負って走って移動するのが基本だった。そのため、他者と一緒に各国間の移動の時くらいにしか使っていないのだ。

「そういえばあのサスペンションどうなったんだっけ？」

「さす？　なんだそれ？」

「以前作った馬車の座席につけるやつ。まあ作ったの俺じゃないけど」

「サスペンションというよりあれはエアークッションですけどね。あれは今リグザールで一番話題の商品ですよ？」

「マジか」

「あれのおかげで今やマルの所は王都でも屈指の商会です。あの馬車、今や注文しても半年待ちとからしいですよ」

「大人気じゃん!?」

「何せ王家御用達の看板がありますからね」

「え？　そうなん？」

「……マスターがレオン王子に交渉したんでしょうが。忘れたんですか？」

「……なんかしたっけ？」

「完全に忘れてますね。女性関連は絶対忘れないくせに男関連となるとすぐに忘れるんですから……精霊祭に行ったじゃないですか。アンジュの護衛と引き換えに、レオン王子に馬車のことを広めるようにと」

「!?　ああっ!!　思い出した!!　トライゾン襲ってきた時な!!」

「やっと思い出しましたか。あれでレオン王子が広めてくれたんでしょう」

「なるほど。それで王家御用達か。勝確じゃん!!」

「確定どころかもう勝利者インタビュー受けてそうですけど」

「マジかあ、そんなことになってたかあ。最近あんまりマルのとこ顔出してなかったからなあ」

「学院に避難してきた時に結構いい馬車乗ってたでしょうに」

「……そうだっけ？　トマとサシャしか気にしてなかったわ」

「十分父親のコルポ氏の後をついでやっていけると判断されたらしく、正式にバガーチ商会を継げといわれたらしいですけど、まだ自分の力でやってみたいと新たな商会を作ってやってるそうです」

「マジかあ、マル頑張ってるなあ」

「まあ、マルは人脈チートですからね」

「そうなのか？」

「……あなたのことですよマスター」

「はあ？」

「あなたが味方に付いた。それだけで王族やら五家やらが付いてくるんですよ？　よほどの馬鹿でもない限りそりゃ成功しますよ」

……成功の秘訣は俺だったらしい。

「まあ、でも運も実力のうちっていうし、なによりあいつの人格や人柄が良かったってのが一番の要因じゃないか？」

「確かにそれはそうですね。男に厳しいマスターが珍しく信頼してますからね」

「恩には恩を。仇《あだ》には仇を。そして信頼には信頼を。当然だろ？」

「マスターらしいですね」

商人は利益を優先するためにそんな簡単なことができない者もいるからな。恩を仇で返すなんて一番駄目なパターンだ。

信用や信頼が崩れるのは一瞬だが、積み上げるのは信じられないほどの時間を要するのだ。

それを理解していたら、信用をなくすなんてことは絶対に選べないはずである。

「まあ、マルがまともでよかったよ」

なんか配下が増えたことだし、商人も仲間として欲しいところなんで、マルが配下として入ってくれれば御《おん》の字《じ》なんだがな。

まあ、そこは追々と決めていくことにしよう。そもそもこんなに配下増やして何するんだって話でもある。目的があるわけじゃないのに……。まあ嫁に苦労させないために稼ぐのが目的っていえば目的か。

そうこうしているうちに、俺達一行はグリモワール邸へと到着した。

「おおっキッド殿。まだ調査には出発していなかったのか？」

グリモワール邸を訪ねると、すぐに当主であるソリドが出迎えてくれた。

「もう行ってきた」

「なんと⁉　あの車とやらはそこまで早いのか⁉」

「ぶっ飛ばせば半日でつくな」

「半日⁉　ほとんど荷物がなくても十日はかかる距離を⁉　すばらしい‼　ぜひあの車とやらを研究させてくれ‼」

「だからすぐ消えちゃうんだって……」

「そ、そうだったな……残念だ」

ソリドは深く落ち込んだように項垂《うなだ》れた。伯爵とは思えないほど研究好きなようだ。息子もこんな感じだったなあ。

その後、応接室に連れていかれて話をすることになった。

「それで病気の娘はどうだったんだ？」

「無事助かったよ」

「そうか‼　それは良かった‼」

「それでちょっと頼みがあるんだが」

「何でも言ってくれ。いつでも娘は嫁ぐ準備はできているぞ」

「お、お父様⁉」

ソリドは意地でも娘であるドリスを俺に嫁がせたいようである。いや、美人なんだけどね。すでに嫁は飽和状態なんだ俺……。

『今更一人二人増えたところで変わりませんよ。貰《もら》っちゃったらどうですか？』

『……リカルドをお義兄《にい》さんと呼ぶとかどんな罰ゲームなんだ』

『すでにレオン王子はお義兄さんじゃないですか』

そうだった……アンジュは嫁だから必然的にそうなるんだった。でもレアの場合はどうなるんだ？　セレスも嫁なんだけど。

『リアルに姉妹どんぶりしたあげくに両方嫁にする鬼畜は、こちらの世界でもあまりいませんよ』

酷《ひど》い言いぐさである。だが何一つ間違ったことを言っていないため、全く反論できないところが悔しいところだ。

『開き直って義姉弟《きょうだい》プレイでも楽しんだらどうですか？』

……ありかもしれん。

セレスに義姉《ねえ》さんと言って迫るのもいいが、レアにお義兄ちゃん呼びさせるプレイは興奮しそうだ。まあ今はラブラブイチャイチャするのが幸せだからマンネリ化しないかぎりそういう出番はないだろう。

『マスターは執着心すごすぎるから、マンネリとかなさそうですけどね。十年経《た》っても変わらずラブラブしてそうです』

『そ、そんなことはないだろう……たぶん』

『あの糞《くそ》つまらないループゲームを何十周もするくらいにやり込むじゃないですか。そのうちレアを触っただけでイかせる研究とかしそうで怖いですよ』

俺を何だと思っているんだお前は……触っただけでイっちゃったら手も繋《つな》げないだろうが。まずは俺から絶対に離れられないように開発するところからだな。

『……すでに怖すぎるんですが』

そんなクロエの念話でのつぶやきを無視してレアを見ると、レアはなんでこっち見てるの？　という感じで可愛く首を傾げていた。うちの嫁はやはり可愛すぎる。だが今日はすでにレアとはしたので、エペを連れて向こうに戻るべきか？

『順番的にはそれがいいでしょう。レアも納得するはずです』

本当はレアを一人置いていきたくないんだよなあ。

『全くこの性獣は……あれだけやったのにまだレアとしたいんですか？』

『レアが俺から離れられないように一刻も早く俺に溺れるように開発しないと……』

『すでに溺れそうどころか溺死状態ですが』

そんなわけない。だってまだそんなにしてないし……。

『回数なんて関係ないですよ。あれだけのテクニックとチートな体力と精力で処女の時からやりまくれば、そりゃ落ちますよ。しかもマスターしか相手にしたことがないんですから沼どころかすでに奈落に真っ逆さまです。脱出不能です』

それだったら嬉《うれ》しいことこの上ない。俺の愛情がレアに届いているということなのだから。

『マスター重すぎません？　っていうかマスターがハーレムの中で一番ヤんでる気がするんですが……』

『HAHAHA!!　何を言ってるんだいハニー？　この俺がヤんでるなんてあるわけないでしょう？』

『駄目だこいつ……早くなんとかしないと……』

とりあえずクロエの妄言《もうげん》はおいておき、俺はソリドに頼みごとをする。

「一緒に旅をする商隊が見つかるまで、つれてきた仲間達をしばらく預かってもらえないか？　子供が多いからあまりそこらの宿には泊めておきたくないんだ」

宿に泊まると外に出るのが面倒なのだ。街中にある宿なので遊ぶ場所もないし、人通りも多いため、子供なんてますます目が離せない。しかも人数が多いので、子供達につく大人の気が抜けない。

その点、ここなら庭……と呼ぶには広すぎる、もはや森と言ってもいいほど広い庭があるし、貴族の家に誘拐に来るような阿呆《あほう》もいないだろう。それに見張る大人がなにより多いので、安心して過ごせるだろう。

「お安い御用だ。好きなだけいてくれたまえ。賓客《ひんきゃく》として待遇しよう」

「ありがとう。助かるよ」

ソリドにお礼を言い、その後、パトリアで起きていることを報告しておく。

「まさかそのようなことが……確かに近年かなりおかしなことになっているというのは、報告が上がっていた」

「こっちで調べたところ、帝国と教国の手が入ってるようだった」

「まさか帝国が⁉　確かにパトリアの隣国だが……そうか‼　亜人《あじん》がパトリアの戦力とならぬのであれば、国境付近で襲われることがなくなるから‼」

パトリアの北に位置する帝国は、パトリアとの国境近くに北の森があるのだ。帝国の奴がパトリアに来るには険しい山と北の森に挟まれた狭い街道を通る必要がある。つまり、通る時に森からの奇襲を常に警戒しなければいけないのだ。

「そう考えれば帝国の謀略は理解できる。教国は……まあいつものことだな」

「いつも？」

「イラーハ教は人族絶対主義なのだ。それで亜人を排斥《はいせき》する」

「ああ……」

それだけで全てがわかってしまう。人種差別はどこの世界に行っても変わらないということなのだろう。

「恐らく帝国の謀略を利用して策に乗ったというところだろう。帝国の利にもかなう行為だから邪魔もされないし、それどころか協力していた可能性すらある」

「敵の敵は味方」理論かあ……。

まあ、大体は敵の敵もやっぱり敵なんだけどな。今回の場合利害一致のために一時的に協力体制だったということなのだろう。

「全く……ストゥルトゥスのことだけでも手いっぱいだというのに……」

一応イストリアからするとパトリアは隣国である。そこが信頼のおけない他国の手に落ちるというのは、他人事《ひとごと》ではないのだろう。

「険しい山で隔てられているとはいえ、うちも帝国の隣国と言えないこともないからな。教国に至っては平地で接触している部分もある普通の隣国だ。楽観して放置していい問題ではない」

とはいってもイストリアは現在国そのものが大変な状況である。むしろパトリアより危ない状況ともいえる。

何せ国を率いるはずの王家が、もはや残されているのが少女一人なのだ。そして国を支えていた重臣達もソリド以外はほぼ全滅。国の中枢が完全に壊滅しているといっていい状態である。はっきり言ってパトリアよりもかなり危険なのは間違いない。

「グリモワール卿《きょう》……」

同席しているペルル王女――いや陛下？　まだ戴冠《たいかん》してないから王女か……は、心配そうな表情でソリドを見ている。

「陛下。このことも会議の議題にあげましょう」

「任せます」

ペルルは顔を青くしている。問題山積の状況でたった一人残された王族。それもまだ十歳前後の少女なのだ。不安しかないだろう。

「会議はまだ先なんだよな？」

「ああ。まだ諸侯が集まるまで時間がかかるだろう」

「ならペルルには一仕事してもらおうかな」

「え？　私にですか？」

「ああ。重要な仕事がある。明日から任せるけどいいか？」

「私にできることなんてたかがしれていますが、それでもできることでしたら、力の限りお手伝いさせていただきます」

「その言葉、忘れないように」

「はい」

「姫さ――陛下。仕事の内容を確認もせずに……」

「キッド様が無体《むたい》なことを言うはずがありません。私はキッド様を全面的に信頼しておりますから」

なぜこんなに信頼されているのか全くわからないが、深く考えずに信頼されないよりはマシだろうくらいに思うことにした。

『一応マスターはペルル王女の命の恩人で、なおかつ国の恩人でもありますからね』

王女は一応国の顔だからな。恩人に対しての対処の仕方は、他国に対する国の体面の提示ということもあるのだろう。

連れ帰ったメンバーは、この屋敷だとさすがに緊張しすぎて吐きそうとのことだったので、離れを用意してもらいそちらでしばらく生活することとなった。

移動用の商隊についても商業ギルドの方に問い合わせてくれるとのことで、まさに至れり尽くせりの状態で、グリモワール家には足を向けて寝られない感じだ。何か借りを返そうとすると、

「こんなことでは全く返したうちに入らないくらいの借りがキッド殿にはあるからな」

そう言われてしまえば従うしかない。とりあえず今回は甘える形でお世話になることにした。

そして夕食も終わり、レアを残して学院へ戻ろうとしたが、お嬢様を一人にできないとのことでエペも残ることとなった。まあ、しばらくはこの二人がこちらにいることになるので、特に問題はないだろう。

「で、何か申し開きはありますか？」

「……ありません」

学院へ転移した俺は、なぜか床に正座させられていた。

「嫁を増やすなとは言いません。せめて私達に一言相談してくださいと言ってるんです」

「はい、すみません」

俺はアンジュの言葉に素直に謝った。確かに相談もなくフェリアを連れてきたのは悪かったと思っている。だがまだ嫁ってわけでもないし、体の関係もない。いわばただの仲間である。

そりゃあ、あんなかわいい娘を嫁にできたら嬉《うれ》しいが、まだお互い何も知らない状態なので、手なんて出しようもない。だが貴族である嫁達にそんな理屈は通じないのだ。ならば俺に何ができるかと言えば……ひたすら謝ることである。

「まあ、新しい嫁についてはいいでしょう。まだ手を出していないようですし。問題は……レアについてです」

俺はドキっと心臓が跳ね上がる音が聞こえた気がした。

「随分と仲良く……そう、仲良くされているようで」

「……」

信じられないプレッシャーの中、俺は黙ることしかできなかった。一言でも口を利いたら殺される。そんな殺気まで混じるような視線が、周りから降り注いでいたからだ。

「車？　でしたか。あの乗り物に乗っている時の映像を、クロエさんに見せていただきました」

クロエえええええええ!!　お前なにしてくれとんねん!!　どうやって撮ったんだよ!!

『私はいろんなところに小さな分体を飛ばしていますから。それらが見た映像を録画できるんですよ』

俺の従者は想像よりもはるかに酷《ひど》い性能だった。盗撮し放題やんけ!!

『し放題です。もちろんマスターの筆下《ふでお》ろしも何もかも全部記録済みです!!』

『おい、こらまてや』

プライバシーどこいった？　俺のプライバシー完全にないやんけ。

『大丈夫です。トイレとかはさすがに撮ってませんから』

『そこまで撮ってたらさすがにお前デリートしとるわ』

どんなに優秀でも、俺のカードなのでいつでも消せるのだ。

「可愛いはいいです。何度か言ってもらったことありますから。でも愛してるとか子供を産んでくれとか……私一回も言われたことないんですけど!?」

「私もです!!　キッドさんどういうことですか!?」

「妹を愛してくれてるのは嬉《うれ》しいのですが、妹に先に孕《はら》まれるのは姉としてさすがに許容できません」

アンジュ、アイリ、セレスの猛攻に俺は防戦一方となる。だが俺にも言い分がある。

「ちょっと考えてみてほしい」

「??」

「俺がこっちに来る時ってさ。絶対なんか変な薬飲まされてるんだよ。そんな状態で深く考えることができると思う？」

「!?」

「た、確かに……」

「それは盲点でした」

「なら今日なら大丈夫ですね」

「え？」

「クロエさんもいませんし、薬は使われていないはず。ならば大丈夫ですよね？」

「……そういうのはせめて二人っきりの時じゃないとはずかしいというか……」

公開処刑にも程がある。

レアの時は二人っきりでなおかつ特殊なシチュエーションでお互い興奮していたというのもある。それを素面《しらふ》で、大勢の前でアレをやれと言われるとさすがに羞恥心の方が勝ってしまう。

　俺の言葉に全員が顔を赤らめる。その場面を想像したのだろう。

「た、確かに二人っきりの時の方がいいようですね」

　アンジュは焦ったような表情で一応納得してくれた。

「で・す・が!!　レアとシャルだけずるいです!!　私達にも二人っきりの時間を作ってください!!」

「あー順番だから……ね？」

　しばらくはレア、エペはあっちに行ってるが、イストリアのごたごたが終わるまでは無理っぽい。

「わかりました。その時を楽しみにしておきます。今日はレアさんもエペさんもクロエさんもいらっしゃいませんから、人数が少ないのでたくさん愛してくださいね？」

　そう言って不敵に微笑《ほほえ》むアンジュとその一味に恐怖を感じながら、愛の大運動会リグザール編が始まるのだった。


　翌朝。

　相変わらず凄《すさ》まじい惨状のベッドを見て起き上がる。昨日俺は気づいてしまったのだ。ハーレム。いわゆる一夫多妻婚における子づくり以外のセックスは、あくまで嫁との肉体的な愛のコミュニケーションのためである。すなわち嫁を満足させさえすれば、自分は別にイかなくてもいいということに。女性をイかせるだけイかせてしまえばいいのだと。その結果、最後にアンジュとアイリにだけ出して、後は全員が気絶するまでイかせ続けたので、昨日は二回で済んだ。

これで腎虚《じんきょ》の心配は減っただろう。いや、昼にレア相手に三回も四回もやってたからトータル的にあんまり変わらないか……。だが夜の疲労度は段違いである。これはなかなかいい作戦だと自画自賛する。女性達を満足させつつ、自分の疲労度も抑えるという完璧な作戦だ。世の男達は想像の中だけでハーレムなんてものを望むが、現実にはハーレムは男が奴隷側ということに気が付いてほしい。

それがただ男がやるためだけのものならそうはならないかもしれないが、実際は一人の男が複数の女を養うということが前提なのである。それぞれの女性達をわけ隔てなく愛して、満足させるということでもある。それはつまり七人嫁がいた場合、毎日交代制だと一週間毎日やり続けることになるため、男性側は休む暇がないのである。これを苦もなく続けることができるのなら、そいつは間違いなく絶倫王の称号が得られるだろう。

だがこれが、出さなくても良くなったらどうなる？　その気になれば一度に二、三人相手にしたって大丈夫だ。

そうすれば何日かに一回休みも取ることが可能なのだ。まさに妙案。俺は一人この作戦を考えた自分をほめていた。

『さすがマスターといいたいところですが……目的のためには手段を選ばずのはずが、手段のために目的を忘れてしまう辺りがマスターらしいなあと』

『え？』

『あのですね。そもそもなんでリグザールに戻ってアンジュ達とやってると思ってるんですか？』

『……みんな平等にえっちしたいから？』

『……ウェンティさんが転移するのにマスターとの絆《きずな》として、彼女達に精を入れないといけないんでしょうが!!』

『!? な、なんてことだ……』

『それなのに出さないでいいって、目的と手段が入れ替わってるでしょうが』

『忘れてた……レアを満足させてたから、他の子も満足させないといけないと思ってたら……そういえばそうだった』

　完全なミスである。

自画自賛はどこへやら。俺は逆に自己嫌悪に陥っていた。

『どうせカードで精力回復できるんですから、普通にやればいいじゃないですか』

　朝も早くからクロエの辛辣《しんらつ》な念話が飛んでくる。

『カードの在庫がなくなったら死ぬだろうが!!』

精力増強のカードは結構ストックはあるのだが、万が一なくなった時に地獄が始まるので、さすがにそれに頼りきりはまずい。今のうちに対策をしておく必要があるのだ。

『確かに対策はあった方がいいですね。さらに嫁が増える可能性が高いですから』

……クロエの恐ろしい指摘に、思わず言葉を失う。現在俺はアイリ、シャル、レア、エペ、アンジュ、セレス、クロエの七人と褥《しとね》を共にしている。これにフェリアが加わったら八人である。さらに増える？　さすがに洒落《しゃれ》にならない気がするんだが……。

『マスターなら何人増えても大丈夫ですから。早くイスピリト女王のイルサオンやシグザレストのフィーリア姫に手を出しちゃいましょう』

このメイド無茶苦茶言ってくるな。ただでさえイスピリトのアイリとリグザールのアンジュという王族に手を出してしまっているのに、ここにきてシグザレストの王族にまで手を出すのはさすがにどうかと思う。

『何を言っているんですか。もっと王族コレクションを増やさないと!!』

別にコレクションしてるつもりはないんだが……なんで王族にばかり手を出させようとするんだ？

『王族や貴族って基本的にいい女が多いんですよ。その中でイスピリト女王もフィーリア姫も当たりです。きっといい嫁になりますよ』

当たりってそれ誰にとってだよ……いい女なのはわかるけど嫁に欲しいかって聞かれた

ら、いまでももう十分すぎるから正直いらない、というよりもう手が回らない。さすがにほとんど会いに行けないとかになれば、すぐに愛想尽かされるだろう。

ハーレムは作るよりも維持する方が大変なのだ。それをつくづく身をもって理解した。元々自分から作ろうとしたわけじゃないんだけど手を出した以上、愛する人達の人生に責任は持ちたい。

『一番立場が上のイスピリト女王の所に行けばいいんですよ。そうすれば嫁を全員呼んで暮らせますし、いつでも全員に会えますから』

『確かに王配にでもなればそんな暮らしもできるかもしれないけどさあ。さすがに王族になるのはしがらみがきつすぎない？』

『別に王配になる必要はありませんよ。ただイスピリトをメインの住居として、ハンター用として各都市に拠点を置いておけばいいんです』

『……移動が大変じゃない？』

『マスターにとっては大変じゃないですよね？』

確かにそうだけどさあ。いざとなったら簡単な移動手段を作ればいいだけだし。でもそこまでして人数増やす意味ある？　もういっぱいいっぱいなんだが……。

『マスターのため、ひいては世界のためです』

大きく出たなあ。俺のハーレムが世界のためとかなにそれこわい。俺に世界の帝王になれとでも言うのか。

『あっでも、帝国の姫はやめといた方がいいですね』

『何か問題でもあるの？　嫁にする気もないけど気になるな』

『単純におそらく大半の日本人男性には合わないと思います』

どういうことだろう？　肌の色が違う？　それだと日本人に限定した問題じゃないし……。

『一応警戒しておいた方がいいので言っておきますが、単純に……ビッチです』

『……はあ？』

『貞操観念が大きく異なります。男女の付き合いは、基本体の相性が優先されます』

『……ってことはまさか』

『デートくらいはしますが、最初に会っていきなりやるなんてことはざらです』

それは男としてはうれしい限りなんじゃないか？　やりたいだけの男からしても。

『相性が合わないとわかると、すぐに次の男に乗り換えます』

『え？』

『しかも恐ろしいことに、正式に特定の男とお付き合いしていても普通に別の男とやります』

そ、それはまさかあの脳を破壊されるという伝説の……。

『NTR《寝取られ》属性の人にはたまらない国でしょうね』

……いや、むしろ日本人気質にあってないか？　まあ二次元に限るけど。現実世界で寝取られとかさすがに脳が破壊されるだろ。

『付き合ってどうこうなんて前振りです。本当にすごいのはここからです』

『まだなにかあるの？』

『彼女達は結婚してからもやります』

『それただの不倫じゃないの？』

『そうなりますね』

『それ男許せるの？』

『許せないから問題になってるんですよ。自分は他の女とやるくせにね』

ぐっ……なぜか俺がダメージを受けた。

『何がひどいって、子供の何割かは父親が違うってのが普通にあることですね』

「……托卵《たくらん》じゃねえか!!　これは酷《ひど》い」

『帝室ですらそうですからね。皇帝の血を引いていない子供がわんさかいます』

もうめちゃくちゃすぎて話についていけないんだが……。

『誰の子か判別する方法がありませんから。だから本当は血がつながっているのに、髪の色が違うとかで捨てられたり、同じ髪の色だからと違う父親の子が後を継いだりと、血統的に考えるとめちゃくちゃです』

『持ってるスキルとかで判別できないの？』

『女児は大して気にされませんが、男児は父親と同じスキルを持っているとほぼ跡継ぎ決定です。次男でも長男がスキルを持っていなければ後継者になれます。何せ一番明確に血を受け継いでいるかどうかを判断できますからね』

つまりその父親のスキルがなければ無理ということか。たしかリグザールとかでも継承スキルとかそういうのがあった気がする。

姉のセレスでなく妹のレアに出てしまったせいで、レアが正統後継者になってしまったとかいうアレと同じようなものか。

『なのでスキルを持つ男系が途絶えていない貴族は血統的に問題ないのですが、そうでないところはかなり怪しいです。へたしたら平民の子の可能性だってありますからね』

『それ大丈夫なの？』

『逆に平民に貴族の血が入って巡り巡って貴族に戻るなんてこともあるくらいには、あの国は女性の貞操観念が低いです。どうです？　無理でしょう？』

『……確かに俺には絶対無理だ』

他の男に股開いといて、心はあなただけのものよとか言われても黙れ糞《くそ》ビッチとしか思えない。股開いてる時点ですでに心も堕《お》ちてるじゃねえか!!　なんだよ心って。それ、ただの金づるってことだろ？　さすがについていけない。

『だから帝国からの移民がよく大問題になります。そもそも帝国からの女は大体修羅場発生装置になりますから』

「……そりゃそうなるだろ」

彼女ならまだいい。浮気で済むから。いや、よくはないけど。でも結婚してからそれをやられたら旦那としてはたまったものじゃないだろう。しかも相手が一人じゃないっても

う娼婦《しょうふ》じゃん。いや、まだ仕事としている娼婦なら納得がいく。でも仕事でもなくただ快楽を求めて結婚してからも男を求めるってさすがに男としてはきつい。遊ぶ側の男としたら都合のいい存在なんだろうが、旦那としての立場から考えると気が気ではない。

『とりあえず帝国には絶対嫁達は連れて行かないようにしよう。あと、帝国の奴には近寄らないように言っておかなければ……判別できるのか？』

『わかりやすいのは明確に黒髪を差別することですかね』

「……帝国の女性を警戒するしない以前に俺差別対象じゃないか」

『そうですね。マスターほど黒々としていたら蛇蝎《だかつ》のごとく嫌われると思いますよ』

駄目じゃん……。警戒する必要すらないじゃん。寄ってこないんだから。

『ハニートラップの可能性もありますからね。何せ帝国は北国ですから、基本的に女性は色白で美人なんです。だからこっちに来ると修羅場になるんですよ』

そうか。そんな美人が言い寄ってくるんだ。男は簡単に釣られるだろう。そもそもまさか相手が人妻だとは思わないんじゃないか？　そりゃ修羅場になるわ。

とりあえず帝国の女性には手を出さないことを固く誓って、俺はベッドに横たわる嫁達を残し、学院からイストリアへと戻った。

何せ今の嫁達に近づくと、思わず襲って朝の大運動会が始まってしまうだろうから近づかない方がいいのである。

「おかえりなさいマスター。昨夜はお楽しみでしたね」

転移して戻った部屋でクロエが出迎えてくれる。

「ああ、ただいま。で、これはどういうこと？」

なぜか俺にあてがわれた離れの部屋のベッドに、エペが一人寝ているのだ。

「昨日の朝はマスターは車の中でレアだけを相手にしてましたから、不公平かと思いエペに提案してこうなりました」

どうなったんだろう……。

「エペも承諾済みです。さあ、思う存分やっちゃってください!!」

「やっちゃってじゃねえよ。なんで寝込み襲うこと前提なんだよ……」

「好きな子の寝込み襲うのなんて男の夢じゃないですか。っていうかマスター大好きじゃないですか」

「……好きだけど。ああ、そうさ大好きさ!!」

「即座に開き直るマスター、さすがです。さあ、昨日のレアにしたみたいにエペも嬲《なぶ》り尽《つ》くしてやってください!!」

「言い方ああ!!」

嬲り尽くすとかそんなことしたことないぞ。確かに昨日はちょっと興奮してハッスルしてしまったが。

「うぅん」

あっひょっとして起こしてしまったか？　そう思ってベッドに寝ているエペを見ると、なぜか裸Yシャツ一枚で、しかも上の方のボタンが止まっておらず、寝返りの際にはだけてしまっている。普段の清楚《せいそ》な感じからは信じられないくらい淫靡《いんび》な雰囲気を醸し出している。それを見た俺の中の悪魔と天使が戦いを始める。

『襲っちまえよ!!　承諾を得てるんだから何の問題もないだろうが!!』

『せっかく勇気を振り絞って誘っているのです。乙女に恥をかかせてはいけません』

『『やっちゃえ!!　やっちゃえ!!』』

全然戦っていなかった。それどころかこいつら肩を組んで仲良さそうだった。

「はっ!?」

気が付いたら俺はエペの体を隅々までまさぐっていた。寝ているエペは息が乱れ、余計

にエロティックな感じになってしまっている。

「キッド……さま？」

エペは寝ぼけ眼《まなこ》でうっすらと目を開けてこちらを見ているが、ぼんやりしている。

「おはようエペ」

「おふぁ……ごだ……ます」

まだ完全には起きていないようだ。朝は弱いのか？

「とりあえず……いただきます」

「……ふぇ？」

あまりの可愛さに辛抱たまらず襲ってしまった。そして朝の大運動会はリグザールでなくイストリアで始まることになった。

「いやーいい映像が撮れました。エペがこんなに乱れるなんて……さすがはマスターですね」

二時間ほどの大運動会が終わり、エペはぐったりとベッドに突っ伏していた。転移してきた時間が早かったため、ようやくみんなが起きる時間になったようだ。外で人々が動いている気配が多くなるのを感じる。とりあえずエペはクロエに任せて一人部屋を出る。ちなみに俺も離れに泊まっている。部屋割りはドク一家、ルナ一家、レアンとコウ、レアエペ、俺とクロエ、そしてフェリアとマオという感じだ。

「おはよう」

離れの食堂に行くと、すでにほぼ全員そろっていた。いないのはエペとクロエだけである。

「おはよう。エペ知らない？　起きたらいなかったのよね」

どうやらエペとは合意を取れていたようだが、その情報はお嬢様にまでは伝わっていなかったようだ。

「エペならまだ寝てるぞ」

どうせバレるので嘘《うそ》はつかずに正直に言っておいた。

「なんであんたがそ——!?　この……獣《けだもの》」

俺の一言で気が付いたようだ。

「やっぱり嫁は平等に愛さないと駄目だろう？　むしろお前のせいでバランスが崩れてるんだが？」

「はあ？　なんで私のせいよ？」

「お前が可愛すぎるせいでお前ばっかり愛しちゃってるってことだ」

「!?　ば、馬鹿……」

レアには、飾らず直球で思いを伝えると意外に効く。顔を赤くして俯《うつむ》いて固まるレアは非常に可愛い。

「どうしてくれるんだレア？　お前のせいで昨日アンジュ達に責められたんだぞ」

「な、なんで？」

「私達には愛してるとか子供を産んでとか言ってくれたことないって」

「⁉　な、なんでそのことをアンジュ達が……」

「なんかクロエが昨日の車の中の映像を記録して見せてた」

「いやあああああ‼」

再びレアに対してのクリティカルヒット。こうかはばつぐんだ‼　声を聞かれただけでも悶絶《もんぜつ》していたのに、それを映像付きで見られていたのである。耐えられるはずもない。

「おはようございます」

机に突っ伏したレアを慰めていると、エペとクロエが入ってきた。それでようやくレアが再起動を果たす。

「エペどうだったの？」

「お嬢様が死んじゃうというのも納得しました。あれは気を確かに持っていないと本当に死んでしまいます」

「でしょう⁉　そうなるでしょう⁉」

レアとエペは何か分かり合ったように二人で手を取ってキャッキャとはしゃいでいる。

「女性は出産に備えて男性より痛みには強いという特性があるのですが、逆に快楽に対しては非常に弱いですからね。耐性も付けられませんし」

「なんで拷問みたいな扱いなんだよ……」

「ある意味拷問なのでは？　どんなに頑張っても、やめてと言っても問答無用で気絶させられるんですから」

クロエのその言葉に、レアもエペもうんうんと頷《うなず》いている。

「これは二人ともお仕置きが必要なようだな」

俺のその言葉に二人ともびくっと体を震わす。

「実はまだ本気じゃないんだ俺」

「「え？」」

「実は相手の感度を何倍にもするスキルがあってさ」

そう言ってにっこりすると、二人の顔がどんどん青ざめてきた。

「廃人になっちゃうかもしれないから使わなかったけど……どっちからやる？」

「「ひいいいい!?」」

二人が可愛い声で悲鳴を上げた。

「本当に廃人になっちゃいますから、やめてくださいねマスター」

「……やっぱなっちゃう？」

「間違いなく、よくてセックス依存症です」

「そっかー。俺から離れられなくなるのならそれもいいかと思ったんだけど……」

「完全な肉人形になっちゃいますからやめてくださいね」

クロエのその言葉に、二人の顔が青を通り越して真っ白になった。

「残念だがあきらめるか。もっと気持ちよくなってもらいたかったんだが……」

「気持ちよすぎて本当の天国までいっちゃいますからやめてください」

クロエがここまで言うのだから随分と危険なカードのようだ。恋人には使うのをやめておこう。

俺が諦めたのを知ると二人は安堵《あんど》の息を漏らした。そんなに恐怖だったのか？

「あれ以上気持ちよくなったら本当に死んじゃうでしょ!!」

「今でも耐えられずに気絶しているのに、それ以上となるとさすがに……」

どうやら今のままでも満足してもらえているらしい。嬉《うれ》しいことである。

「ん？」

視線を感じてそちらを見ると、ローナが顔を赤らめてこちらをガン見しているようだ。なんだろう？

「マスター。迷宮には快感増強薬なる薬がありますよ？　カードほどの能力はありませんし、依存症にもなりませんから、手に入れてみてはどうでしょう？」

「「「!?」」」

クロエの言葉になぜかレア、エペだけでなく、ローナまで反応した。

「あっ私としたことが、うっかり落としてしまいました」

クロエはそう言って小さな瓶を机に落とした。いや、音すらしなかったから置いたというべきか。

「これはいけません。先日迷宮都市で購入した快感増強薬を落としてしまうなんて」

「「「!?」」」

お前……手に入れろっていいながらもう手に入れてるじゃないか……。

「マスターは元々がすごいので、使っても効果がわからないかもしれませんし……ローナ」

「はいっ!?」

「よければ使ってみます？」

ローナの喉からゴクリという音が聞こえた気がした。

「効果の程は後で教えてくださいね」

返事も待たずにクロエは薬をローナに押し付けていた。ドクは展開についていけずに固まっている。ローナといえば顔を赤らめながらも薬をじっと見つめていた。

「ちなみに薬は飲んでもいいし、塗ってもいいらしいですよ。少量を敏感なところに塗って、後は飲むのがおすすめらしいです」

「誰のおすすめだよ‼」

「売っていたお店の人ですが、娼館《しょうかん》で試したことがあるらしいです」

まさかの実践済みの情報だった。

「ちなみにあまりの効果に娼婦の方が大変なことになってしまい、その商人は出禁になったそうです」

「いらない情報だけど、効果がすごいのだけはわかった」

自分自身で効果を試すなんて商人の鑑《かがみ》だな。

「ふう」

安堵《あんど》の息のようなものが聞こえてきたので見ると、レアとエペが安心したような表情で一息ついていた。

「あら、もう一本ありましたね」

「「ひう⁉」」

クロエのその言葉に、再び二人に緊張が走った。

「よく見たらただの回復薬でした」

完全にクロエにおちょくられている。そんなに怖い薬だろうか？

「普通に使えばただ気持ちよくなるだけです。ただそれをマスターが使うと、使われた側が大変なことになります」

「いや、ならんだろう？」

「たぶん……恐らく、ぎりぎり大丈夫だと思いますが、下手すると……」

「すると？」

「性に狂った獣《けだもの》になります」

「!?」

「やめなさいレア!!　人に戻れなくなる!!　って感じです」

「レアとならシンクロ率四百パーセントになってもいいかなあ」

「……ほんと、マスターはレアのこと好きすぎでしょう？」

「え？」

「マスターはレアと二人ドロドロに溶けて、一つに混じり合ってもいいって言ってるんですよ」

「!?　もう。ば、馬鹿なんだから」

レアは顔を真っ赤にして俯《うつむ》いた。相変わらず可愛いなあ。

「お嬢様だけずるいです」

そう言ってエペは頬を膨らませていた。こんな態度を取るのは初めて見た。いつもレアをたてて、一歩引いていたのに、随分と自分を出せるようになってきたようだ。

それから拗《す》ねたエペをなんとか宥《なだ》めてみんなで朝食をとり、その後、俺は使用人の人達に頼みごとをしつつ、本館へと向かった。

「おお、おはようキッド殿。昨夜はよく休めたかな?」

本館に着くとソリドが出迎えてくれる。別に伯爵本人がわざわざ出迎える必要ないのに……。

「それで今日の予定は?」

「午後からは迷宮を探そうと思ってたんだが、その前にちょっと王女に用事ができたんでな」

「そうか。王女は今鍛錬中だが……」

「鍛錬?」

「ああ、何やら思うことがあったらしく、体を鍛えたいと」

「あーまあ、城からここまで来るのに王女にしたら大冒険だっただろうしなあ。そりゃあ体力もつけたくなるだろう」

「そうか。まだ諸侯が集まるまで時間はあるから別にいいのだが……」

言葉の濁らせ方から何か思うところがあるのだろう。そのまま庭に出ると、剣を振っているペルルの姿が見える。コーチはジャンのようだ。……ジャンだっけ?

「おっキッドじゃねえか。なんだ? お前も剣振りに来たのか?」

「王女に用があってな」

「私にですか？　そういえば昨日仕事があると言ってましたね」

剣を振るのをやめ、汗を拭きながらペルルがこちらを見る。

「キッド様。王女ではなく陛下です」

「ああ、すまんすまん。戴冠《たいかん》してなくても名乗れるんだっけ？」

「!?　そ、それは……」

「すでに略式で済ませてある。といっても王族が一人しかいないのだから意味はないのだがな」

どうせ確定だからそんなことしなくてもいいってことなのだろう。

「キッド様。私のことはペルルと呼んでください」

「いいのか？」

「あなた様は私の命の恩人というだけでなく、国の恩人でもあります。私はそんな方に敬《うやま》われるような存在ではありませんから」

「わかった。じゃあペルルで。実はペルルに重要な仕事があるんだ」

「重要な仕事ですか？　私なんかにできるのでしょうか？」

「大丈夫。お前ならできる。ついてきてくれ」

そう言って俺はペルルを連れて歩き出した。気が付けばお付きやらソリドやらいろんな人が付いてきていた。

「ここは？」

「離れだな。おーい‼」

俺が呼ぶと、外で遊んでいた子供達がこちらを見て一斉に走ってくる。

「どうしたの、おじ——お兄さん？」

「今からこの子を入れてみんなで遊ぼう」

「⁉　遊ぶ？」

俺の言葉にペルルが驚く。

「名付けて鬼ごっこ……じゃなかった、人と食屍鬼《グール》だ」

食屍鬼とはいわゆるアンデッドといわれる存在である。この世界にも存在するらしく、ご多分《たぶん》に漏《も》れず人を襲うらしい。見たこともないのでわからないが。食屍鬼に噛《か》まれた者は食屍鬼になる。定番だな。

「決められた範囲内で食屍鬼になった者が人を追いかける。触れたらそいつも食屍鬼になる。時間がたつにつれてどんどん食屍鬼が増えていくってわけだ」

この世界には鬼ごっこなんてものはない。なので順にルールのある遊びを教えていくことにした。

本館に来る前に使用人に頼んでおいたのは、一定の場所にロープを張って、鬼ごっこの範囲を設定することだった。森っぽい部分の一部が入ることにより、隠れる場所を増やしたのだ。これで小さい子も逃げることができるだろう。

「この砂が全部落ちるまで逃げ切れた人の勝ち。全員つかまれば食屍鬼《グール》の勝ち。木に登っちゃだめだぞ」

そう言って俺は十分の砂時計を地面に置いた。

「うえ!? 私!?」

「それじゃ最初の鬼はレアな」

「それじゃみんな逃げろー」

俺の声に子供達が一斉に逃げ出した。

「ほらっ早くペルルも逃げろ」

「え？ え？」

「お姉ちゃん早くっ!!」

ペルルはコウに手を引っ張られて、森の方へと走って行った。

「子供達を捕まえればいいのね？」

「ああ」

「よーし、いくわよー!! ハイ捕まえた」

「え？」

タッチされているのはエペだった。

「これで鬼は二人ね。行くわよエペ」

「はあ……わかりました」

ため息をつきながらもエペはノリノリで参戦した。

「きゃあああ!!」

「待ちなさーい!!」

キャッキャと子供たちの笑い声が森の方から聞こえる。随分と楽しそうだ。

「ソリド」

「なんだい？」

「魔道具作れないかな？」

「どんな？」

「袖のないジャケットのようなものと手袋。その手袋がジャケットに触れると少しの間だけ色が変わるようなやつ」

「んーできないこともないな。魔道具でなくとも特定のものに反応して色が変わる成分がある。それを手袋とジャケットに仕込めばいいんじゃないか？」

「一分くらいで色が戻るとなおいい。お互いが触れたかどうかが判別できて、鬼として加わるのは色が戻った後ってルールにすれば、すぐに鬼が参戦できなくなるから、多少は逃げやすくなるだろう」

「まさか子供の遊びに魔道具まで作らせようとするとはな」

「遊びだからこそ全力でやらないと意味がないだろう？」

「くっくっくはっはっは!! その発想はなかったな。君は愉快な男だなあ」

俺の言葉になぜかソリドは大爆笑である。

「これで陛下も少しは気が晴れるといいのだが」

なんだかんだいっても、やはりソリドは俺の意図に気が付いていたようだ。陛下は随分と気を落とされていた。それこそいつ倒れてもおかしくないくらいに。それが今やあの笑顔だ。君には借りばかりできていくな」

「背負った責任の重さか、はたまた亡くなった王族に対する悲しみなのか。陛下は随分と
純粋に鬼ごっこに興じるペルルは、出会って初めて、年相応の少女に見えた。

「立場ってものもあるだろう。勉強も大事だろう。でも子供は遊んでこそだ。遊びもまた、子どもの立派な仕事なんだよ。いずれ国を継ぐ必要はあるのかもしれないがな。あんな小さな子供に国を背負わせたらいけないんだ。そういうのは大人の仕事。責任感は大事だが、それに押しつぶされるくらいなら他人に放り投げちゃえばいいんだよ。それを支えるのが家臣だろう？」

「君の言う通りだ。そのために我々がいる」

「敵がいたら俺が排除する。帝国だろうが教国だろうが、敵になるなら潰してやるから。

お前は安心してペルルを支えてやってくれ」

「言われずともそうするつもりだ」

「あの……キッド様はどうして陛下をそこまで助けてくれるのですか？」

ペルルの付き人であるフェール譲がおずおずと尋ねてくる。

「国がこんなことになったのは別にあの子のせいじゃないだろう？　あの子はただ巻き込まれただけだ。そんな子が不幸になっていいわけがないだろう？　そんな子を助けるのに理由がいるのか？」

俺の言葉にフェール譲は固まってしまった。その後、時を置いて再起動をすると「はあー」とため息をついた。

「なるほど。他のお嬢様方にも同じことをしてきたということですね。それは皆さん、ころっと落ちますね。納得です」

よくわからないけどフェール譲は納得してくれたようだ。なぜか顔が赤いが。

「貴族からすると偽善としか思えないが、この国も陛下も、それに私もその偽善で助けられたというのもまた事実だ」

「俺の国にはこんな言葉がある。やらぬ善よりやる偽善と」

「……確かにそうかもしれぬな。助けられた側にとっては、やらないで口だけだすやつよりはよほど、素晴らしい行為だと感じるだろう。しかも君の場合は明確に見返りを求めていないのがわかっているから、余計にそう思うのかもしれないな」

「実際求めていないしな。見返り前提なのが本当の偽善なんだろうけど。俺は相手が王女でも女王でも平民でも変わらんよ。フェール譲がペルルと同じ立場だったとしても、同じように助けていただろうし」

そう言うと、なぜかフェール譲は顔を真っ赤にして俯《うつむ》いてしまった。

「君は計算してそういうことを言っているのかね？」

「計算？　計算は結構得意だぞ？」

「……無自覚か。やっかいだな」

「??」

「マスターは天然女性用落とし穴ですから。免疫のない女性はホイホイ引っかかって落ちてきます」

「なるほど……」

「そしてその穴は結構深くて、沼になっているのでもがくほど落ちていき、一度落ちると出てくることはできません」

「奥方様がたくさんいる理由がよくわかりました」

なぜかフェール譲が納得した顔をする。何がわかったんだろう？　そこはかとなくディスられている雰囲気を感じながら、俺達は楽しそうに遊ぶ子供達を見て和やかな時間を過

ごしたのだった。

「リナとレナったらずるいんですよ!! 人のふりして近づいてきて実は鬼だったんです!! 鬼と人の区別がつかないのはルール上の欠陥だと思います!!」

鬼ごっこが終わった後、本館に帰るときにペルルは大興奮して、あったことを嬉々としてフェールに話す。

「その辺りはキッド様がすでに、何か考えていられるようですよ？」

「そうですか。さすがはキッド様ですね」

にこやかに微笑《ほほえ》みながらうんうんと一人頷《うなず》くペルルを見て、フェールもまた自分の表情が自然に崩れていくのがわかる。

こんなに子供らしいペルルを見たのはいつ以来だろうか。城が落とされるよりもずっと前から、こんな表情を見せることはなくなっていた。

「マオもコウも小さいのに信じられないくらいすばしっこいんです!! 結局二人とも一度も捕まえることができませんでした。今度は絶対捕まえます!!」

嬉《うれ》しそうに語るペルルを見て、フェールは自分も嬉しくなる。しかし、この表情もあの女ったらしのおかげというのが、フェールの心に一筋の陰りを落としていた。

確かにすごい男である。武力も知力も、心遣いまで一流。身分や見栄えだけの貴族とは明らかに違う。

唯一の欠点は女性にだらしがないことだけだろう。あれだけの男だ、女が群がるのも理解できる。そしてそれを養う甲斐性《かいしょう》があることも。だからといってフェールが幼い頃からずっと見てきた、妹のようなペルルを任せられるかといえば、不安が残る。

（これは私が身をもって確認するしかなさそうですね）

フェールは、すでに自分がキッドの沼に片足を突っ込んでいることに気が付いていなかった。

62. イストリア迷宮

ペルルが元気になったので後はソリドに任せ、俺は昼食をとったあとに離れの部屋でクロエと相談していた。

「イストリア王宮、もしくは近辺に迷宮があるのは間違いない。あいつも結界は見つかったと言っていたからな。だが場所がわからない」

「カードで探せないのですか？」

「失せ物とかなら探せるんだけど、迷宮とか建物とかはなあ……なくしたわけでもないし……」

「……なら魔力を探してみては？　暴走しているのならかなり高い魔力が感知できると思いますが？」

「おおっそうか。それならできるかも？　だけど迷宮となると引っかかる範囲がかなり広くならないか？」

「確かに。広すぎると入り口がわからないかもしれませんね」

「まあ、なるようになるだろう」

とりあえずソロではなくドク達も連れて王都に行き、迷宮を探してみることにした。

「ドク、レアン、ちょっと仕事だ」

「了解だ」

「わかったボス」

「私達は？」

「レア達はお留守番」

「ええーまたあ？」

「王都は襲われた後だし、ちょっと治安が悪いかもしれないからな。お前達みたいな超絶美少女が行ったら一瞬で襲われるだろ」

「⁉ し、仕方ないわね。そういうことならおとなしく待っててあげるわ」

顔を赤くして言うレアとエペの二人。俺の嫁は超絶美少女しかいないから連れ歩くのは心配で仕方がない。無理する必要がないのなら、危険なマネはしない方がいいに決まっている。

「これを無自覚で、しかもお世辞でもなんでもなく全て本気で言っているところが、マスターの恐ろしいところですね」

「⁇　それじゃ行くぞ」

俺はドクとレアンに声をかけた。

ちなみに車を召喚したら、出たのはまたもや軽トラだったので、二人とも荷台に放り込んでやった。男を隣に乗せる気はないのである。

助手席には何も言ってないのに、すでにクロエが乗り込んでいた。

「あの……何しているんでしょうか？」

そう言ってもクロエは何も答えない。いや、答えられないのだろう。一心不乱に口を動かしているから。

「自動運転にしてないからあぶっ――」

馬車などに遭遇しないように若干街道を外れた道を通っているため、道が悪くてかなり車が飛び跳ねる。にもかかわらずクロエは全くブレることなく俺の股間に吸い付いていた。運転席にはちゅぱちゅぱという水音だけが鳴り響いていた。後ろには聞こえていないだろう。

「くっ」

あまりのテクニックにすぐに達してしまうと、クロエはすべてを飲み干し、一言も声を発さず残っているものも吸い出して綺麗《きれい》にしていく。

「ふう、これなら聞こえませんから大丈夫ですね」

「何をもって大丈夫と言っているのか、全くわからないが？」

「だって……ずるいでしょう？　昨日も今朝も私だけしてないのに」

「ぐ……」

それを言われると弱い。確かに不公平ではある。

「到着するまでなめ続けますので耐えてください」

「……マジか」

それから王都に到着するまで、天国のような地獄の時間が始まるのだった。

「ようやく街が見えた……長かった」

「まさかたった二回で耐えるとは……やりますねマスター」

「二回も出たら全く耐えられてないと思うんだけど……」

「十回はイかせるつもりだったのに!!」

「枯れ果てるわ!!」

こっちはすでに朝、エペともいたしてるのだ。さすがにきつい。

それにクロエの学習能力のせいか、やるたびに驚異的な速度で上手くなっていくため、王都到着付近では、ピンポイントに俺にだけ特攻が乗っているかのような攻撃、いや口撃だった。

「自分以外の男性と付き合ったことのある彼女を持つ男性が、彼女から一番他の男を感じるのは、口でされている時らしいですよ？」

「どうした急に？」

「つまり、口での行為は男の好みがもろに出るってことです。だから誰に仕込まれたんだろうって気にするらしいですよ。寝取られ好きにはたまらないでしょうね」

「……俺全然寝取られ属性ないからマジでやめてくださいね。嫁の誰か一人でも他の男とって考えただけで脳が破壊されそうなんで」

やばい。レア達が他の男にとか考えただけで、この星を砕けそうだ。

「マスターに抱かれた女が他の男に目を向けるわけないじゃないですか。全員もれなく底なし沼に落ちてますよ」

沼って……まあ、誰も目移りしないのなら安心だが。

「でもえっちが好きになりすぎて、他の男も試してみたいとか言い出したらどうしよう?」

「……貴族は血を何より優先させますから、子供を産むまでは絶対に他の男にうつつを抜かすようなことはありませんよ。産んだら自由だと言って他の男に行くパターンはありますが」

「!?」

ってことは、子供は作らない方がいいってことか？　そうすればずっと浮気の可能性をつぶせる？

「逆に三年待っても子供ができないと、普通は離縁ですね」

「血を残すために嫁いだのにできないのですから、当然でしょう？」

「!?」

「つまり……三年しか夫婦でいられないと？」

「遊ぶ女性貴族は離縁しないで遊びますよ？」

「形式上は夫婦のままでいるけど、ATM《金づる》扱いになるわけか……愛のない政略結婚ならその後、お互いに好きな人と結ばれるからいいのか？　それただの不倫じゃね？」

「不倫ですね。それでできた子供は夫の後を継げませんが、不倫関係自体は夫も咎《とが》めないことが多いですね。大体その場合には夫にも愛人がいますし」

「ドロドロじゃねえか!!　まさに泥沼だな」

嫁達が他の男の元に行くとか、さすがに耐えられる自信がない。

「なぜマスターは嫁達が他の男の元に行くことを前提で考えているのです？」

「俺にたくさん嫁がいるからさ。嫁が他の男の元に行っても、お前だって他の女に手出してるって言われたら反論できないんだよ」

「まあ、確かに理屈ではそうですね。根本の違いはマスターからでなく、女性からマスターに好意があって結ばれているってことですね」

「初めがどちらからってのは問題の趣旨じゃない。今の一番の問題は、俺がすでに複数の嫁達を平等にこの上なく愛してしまっているということだ。例えばアイリが精霊祭にいたあのきざったらしい男も好きになったとする。俺も好きだが彼も好きなんて言われたら、俺はもうそれだけで耐えられない。でも俺は同じことを嫁達にしているんだ。だからいつ愛想をつかされてもおかしくないし、酷《ひど》いことをしているっていう自覚もある。だからこそ今からでも他の男の元に行かれたときのことを考えておくべきだと思ったんだよ」

「……全く、マスターは馬鹿ですね」

「馬鹿っていう方が馬「黙らっしゃい」……はい」

「まず根本から間違っています。嫁達はえっちが好きなんじゃありません。いや、好きなんでしょうけど、それはあなたが好きだからです。マスターありきなんですよ。そもそも全員処女だったでしょう？　えっちなことなんて誰も知らなかったんです。嫁達はみんなあなたの心に惹《ひ》かれたから、あなたが自分達から離れられないようにするために体で無理やりつなぎとめようとしているんですよ。まあ愛する人といたすのが気持ちいいからっていうのも否定はしませんが。それもこれも前提は相手がマスターなんです。快楽におぼれて簡単に他の男に流されるなんて、嫁達にとって侮辱でしかありません。もっと自分に自信を持ってください」

そうなのか？　俺は愛されているのか？　求められているのは能力や金だけじゃないのか？

「祖父母以外に身寄りもなく、その祖父母も亡くなって一人になって、その祖父母から受けていた親愛以外の愛情を知らずに育ってきたから、マスターは人を愛するってことがよくわからないんですよね。愛するって感情も初めてだし、愛されるってことも初めてだから。愛するのは自分が主体だからまだなんとなく理解できる。でも愛されるってことは相手からのことだから、自分では理解できないし、愛される自信がないんですよね。大丈夫です。嫁達は全員マスターを愛していますよ。だから泣かないでください」

泣く？　そこで初めて俺は自分の頬を流れるものに気が付いた。

「あれ？　涙？」

涙なんていつ以来だろう。なぜ泣いているのか自分でも理解できないなんて、初めてのことだ。

「嫁達から愛されていると聞いて、安心したのでしょう。大丈夫です。嫁達にはマスターの愛はちゃんと届いてますよ」

「そうか……それならよかった」

嫁達に対して特に何かをしているわけじゃない。養っているわけでもなければ、何かを援助しているわけでもない。傍《はた》からみれば、ただえっちなことをしているだけだ。そんなことで、どうしようもなく愛していることが伝わっているのか？　どうしたら愛していることを伝えることができるのか？

人を愛したことがない俺ではわからない。だからずっと不安だったのだろう。それがクロエの言葉で安堵《あんど》してしまい、心が緩んで涙が出てしまった。冷静になった俺はそう自分を分析した。

「むしろマスターは愛されない心配よりも、愛されすぎる心配をした方がいいです」

「⁇」

「マスターは無自覚にどんどん女性を落としていきますからね。それこそヤんでる女性でも平気で落としかねません。これで金虎族の女性でも落とした日には血で血を争う修羅場ができあがりますよ」

「マオちゃん？」

「マオはまだ大丈夫でしょうけど、金虎族は基本的に一夫一妻です。しかも女性の方が強いので、自分の番《つがい》の男に他の女が近寄ると排除します。物理的に」

……物騒だなあ。マオちゃんを返す時に絡まれたりしたらどうしよう。

「うかつに返り討ちにしようものならロックオンされますよ。金虎族も他の獣人族と同じように強い者ほどモテますから」

奴隷だったマオちゃんを返す時点で絡まれるのはほぼ確定だろう。黙ってやられるわけにはいかないから適当に返り討ちにする……あれ？　これ詰んでない？

「あっそうか。マオちゃんを返す時はクロエに頼めばいいじゃん」

「ちっ気づきましたか」

「え？　今舌打ちし「気のせいです」……そうか」

おかしいな。忠告してくれたはずなのに、なぜか面白そうだからやってみろってフリに見えたんだが……。気のせいか？　クロエを見ても素知らぬ顔をして景色を見ているので、きっと気のせいだろう。

その後、少し外れた場所で車を降りて徒歩で王都へ向かった。門番はすでにおり、以前のように門の守りがもぬけの殻ではなくなっていた。兵士のような格好だから、きっとどこかに残っていた貴族の私兵なのだろう。

身分証明できないレアンが入る時にごたつくかと思ったが、ランペール公爵の剣を見せただけで普通に全員門を通ることができた。公爵家の紋章は他国ですらかなり有名らしい。

「そりゃ竜を司《つかさど》る紋章は王家の血が入ってないと使ってはいけませんからね」

「え？　レオン王子って紋章違わなかったっけ？」

「使う使わないは自由なんですよ。ただ使えるのが王家の血に連なる者だけです。あと、王家の男子は個人別に紋章を作るので、レオン王子の紋章に竜が使われていないというだけです。どうせ他の王妃の圧力でもあったのでしょう」

ああ、紋章が竜だと正当後継者だと主張しているようなものだからか。少しでも貶《おとし》める必要があったわけだ。

「ってことは俺、この剣見せても大丈夫なの？」

「間違いなく公爵本人から譲渡されてますから、問題ありませんよ。後から貰《もら》った短剣も」

実はランペール公爵から紋章入りの短剣も貰っているのだ。剣だと身分証明として使いにくいだろうって。

いや、もう剣あるからいらないと言おうとしたのだが、あの断らせない空気に嫌とは言えなかった。大貴族ってすげえなあ。

「ドク、レアン。この街に迷宮の入り口が隠されている可能性が高い。手分けして調べてみてくれ」

そう言って、二人に金貨と銀貨を何枚か渡す。

「わかったぜボス」

「この金は自由に使っていいんだな？」

「ああ、足りなかったら追加するんで言ってくれ」

「了解。旦那は気前がいいなあ」

二人はその場から去っていった。

「さて、とりあえず街の中心を探してみようか」

「あちらの方です」

クロエに案内されるままに、俺はついて行った。

「しかし、魔力で地下を探索してるけど、全く魔力を感じないな」

「ひょっとして迷宮からは魔力が漏れないのかもしれませんね」

やばいな。それだと結構お手上げな感じがするぞ。まあ、かなりの広範囲が探知できても結局入り口が分からないのは一緒なんだろうが。

「恐らくこの辺りですね」

クロエに連れられてきたのは何の変哲もない裏路地だった。周りの建物は店なのかすらわからない。

「相変わらず魔力反応はないな」

どうやら魔力探知では探れないようだ。

「115セット」

№115C：地図投影　半径五キロメートルの地図を映す。

するとの前の空間に透明なマップが表示された。指で普通にさわって動かせるあたり、完全にあの有名なマップアプリである。

「設定があるな」

表示の設定があり、名称表示するものを絞り込むことができるようだ。

建物や道という名詞が並ぶなか、迷宮という名前が存在していた。俺は全部の表示を消して迷宮のみをONにしてみると、かなり小さな範囲の四角がマップ上に現れた。

「これは……マスター、恐らく迷宮の入り口ですね」

「えっと……マジか」

「迷宮って指定して、入り口しか表示されないって有能すぎない、これ？」

「たぶんですが、恐らく迷宮は外からでは探査できない仕様になっているのでは？」

「あーそういうことか。入り口はまだ迷宮の中じゃないから引っかかるのか。むしろそこしか検索に引っかからない」

逆にその仕様に助けられた感じだ。こんなにすぐ入り口が見つかるとは。

「結構近いな。行ってみよう」

クロエと二人その場所へと向かった。

「随分治安悪くない？」

現場に到着するまでに、すでに何人もの男達を蹴散らしている。クロエが美人すぎるからか？

「単純にお金を持っていそうだからじゃないですかね？　どうやらスラム街のようですし」

「学生服ってやっぱ金持ちっぽい？」

「ぽいというよりお金持ちしか、普通は学校なんてものには通えないです」

「シャルは平民だけど入ってなかったっけ？　入学金は俺が立て替えはしてるけど」

「リグザールはその辺りは緩いほうですからね。イストリアじゃまず平民は無理です」

それじゃ今の俺は犯罪者を引き寄せる誘蛾灯《ゆうがとう》みたいな感じじゃないか。

「元々街を警備していた騎士達も壊滅しているようですから、それに伴って治安も悪化しているようですね」

確かに街に活気があまりなかったな。むしろスラムの方が活気がある気がする。

「Gと同じで悪人ほど、劣悪な環境に強いのですよ」

「なるほどなあ、っと」

会話しながら次々に襲いかかる男達を殴り飛ばす。手加減はしているが、死んでもいいつもりで殴っているので死んだら運が悪かったと思ってもらおう。まあ死んだら思うこともできないんだけどな。

「この辺りですね」

「ん？　行き止まり？」

目的の場所は塀があるだけで入り口らしきものは見当たらない。

「塀の向こうか？」

ジャンプして塀に上ってみると、そこは普通に床のようになっていた。

「これ……大きく四角に切り抜かれた岩か？」

「そのようですね。一つの物体のようです」

塀だと思っていたのは超巨大な立方体の岩だった。

「ってことは入り口はこれの下ってことか」

「そのようですね。どけてみますか？」

「頼む」

クロエは岩を収納へしまった。するとその下には巨大な穴があり、中は坂道になっている。巨大な立方体の岩が地面にめり込んでいた感じだ。

「行ってみるか」

とりあえず坂を下って中へと進んでみる。入り口付近は普通にただの穴だったのだが、進むにつれてだんだんとリグザールの迷宮のような壁が現れ、うっすらと明かりで照らされて迷宮の雰囲気を醸し出してきた。

「間違いなさそうですね」

「少し進んで様子を見てみよう」

そう言って、俺は少し中の方へと進んでみる。すると気力探知に気配がいくつか引っかかった。

「狼《おおかみ》か？」

黒い狼のような生き物が群れを成してこちらに向かってくるのが見える。俺はトンファーを取り出し、適当に殴りつける。狼達は悲鳴を上げることもなく壁に叩《たた》きつけられ、消えていった。

「これで難易度七万？」

「まだ一階ですよ？」

確かにそうか。入り口付近だからな。こんなところにドラゴンとか出てきたらさすがに糞《くそ》ゲーにも程があるか。

「!? マスター」

「追加のようだな」

奥からどんどん黒い狼が現れる。

「……一階でこれってさすがにおかしくね？」

「マスターじゃなくて普通のパーティーなら壊滅していたかもしれませんね」

現在、倒した狼の数が百五十を超えたあたりだ。ちなみにまだ群れは続いている。

「数は多いけどこれくらいならドク達連れてきても良さそうだな」

「……相変わらず鬼畜ですねマスター」

ドクとレアンにも働いてもらうとしよう。グリモワールの屋敷にいるレアとエペはどうするか……クロエに護ってもらえばいけるか？　でもあの二人といたら俺は絶対襲ってしまう。それに怪我《けが》でもされたら困るからやっぱりやめておこう。

「全く……過保護にも程がありますね」

「嫁を大事にして何が悪い。愛する女には毛ほどの傷もつけさせたくないんだよ」

「私もですか？」

「当たり前だろ。まあお前に傷をつけることができる敵がいるかどうかわからんけど」

「マスターには傷つけられましたよ？」

「お前に攻撃なんかしたことないだろ？」

「破瓜《はか》の「おいいいい!!」

でもスライムの体から血って出るのか？

「初期化前の肉体構成が粘体というだけで、今の肉体は人と変わりませんよ？　死にませんけど」

そうだったのか……。

「能力的なもの以外では肉体的な操作はしていませんからね。だからしっかりと痛みも感じましたし、中に出されている感覚もわかりましたし、段々とマスターの形を受け入れるように最適化されている感覚もわかります」

最適化されてるんだ……。

「レアの次に体の相性がいいのが私みたいですね。最適化されているにもかかわらず、レアの方が相性がいいって、どれだけすごい体なんですか。普通ならレアもマスターもお互いにおぼれて、部屋から一生出てこないレベルですよ。これであの薬とかカード使ったら……さすがにマスターでもわかりますよね？」

「はい。自重します」

ただでさえレアは相性が良すぎて大変なのに、あの薬なんて使ったらきっとどうにかなってしまうだろう。

言われて初めて、レアが恐怖していた気持ちが少しわかってきた。男の俺ですら快楽におぼれそうなのに、それの何倍も快楽が強い女性であるレアは一体どんなことになってしまうのだろうか。見てみたい気もする。

「本当にやめてくださいよ？　私はからかっただけでレアにだけは絶対使う気はありませんからね？　本当におかしくなっちゃいますから」

あのクロエがここまでいうのなら本当に危ないのだろう。

「非合法の薬物並みに大変なことになると思ってください」

「絶対にやらないことを誓おう」

可愛いところは見たいが狂ったところを見たいわけではないのだ。

「そろそろ終わりかな」

倒した狼《おおかみ》が二百を超えるころ、ようやく追加の狼が来なくなった。死体はどんどん迷宮に吸収されて消えていくため、足の踏み場に困ることもなかった。クロエがいなければ正確な数すらわからなかっただろう。

「全部で２５５頭でしたね」

「２５５か。このあと６５５３５頭来ないことを祈ろう」

「迷宮作った人、システムエンジニアっぽいですからねえ」

ゲームにちょっと詳しい人にならおなじみの数値だ。いわゆる16進数である。

「普通は馴染《なじ》みがありませんからね。16進数なんて」

10進数と同じで16になったら桁が一つ上がるのが16進数だ。０から始まり９まで来て次はAである。そして15を表すFまでいき、次の16で表記が10となる。つまり16進表記で11は16＋１で10進数の17のことであり、１Fは16＋15で31になる。それでなぜ２５５と６５５３５から16進数を連想するかといえば、ちょうど区切りがいいのでよく使われる数値だからである。

16進FFが２５５であり、FFFFが６５５３５なのである。１バイトで表せる最大が２５５で２バイトで表せる最大の数値が６５５３５なのである。まあ符号があると半分になってしまうが。

とりわけ昔のゲームではよく使われてきた数値なのである。だからゲームをやりこんでいる人たちには、より知られた数値でもあるのだ。

「一階にしては敵が強すぎる気がしますね」

「階層って狼二百頭もいられるほど広いの？」

ちなみに今の戦闘は小部屋で、狭い通路から来る狼を倒していたので、一度に相手にする数は多くて三頭くらいだったので余裕があった。アレが大広間みたいな場所だと相当きついだろう。

「倒した瞬間にリポップしていた可能性もありますね」

「即沸きかあ。ネトゲのレアモンスターなら大喚起案件なんだがなあ」

その昔、とあるMMORPGではリアルに一週間に一度しかわかないモンスターがいたらしい。それを狩るためには本当にリアルを犠牲にしないと無理だったため、いわゆる廃人にしか狩れない幻のモンスター扱いだったそうだ。

俺も人伝手《ひとづて》に聞いたことがあるだけで、そのゲームをやっていないのでよく知らないのだが、なんでも沸く場所で昼夜問わず、ずっと見張り続けるのだそうだ。しかも凄《すさ》まじいまでの取り合いなのでずっと集中し続けないといけないらしい。

ゲームのためにそこまでリアルを犠牲にするという根性は、ある意味すごいと単純に感心してしまうほどだ。そのモンスターが即沸きだったなら、争いが起きることもなかったのだろうなあと、そんなことを思い浮かべてしまうのだった。

「なんか牙とか玉とか落ちてるけど、ドロップ品？」

「そのようですね。ドロップ品はすぐには消えないようですね」

狼《おおかみ》を倒しまくった後にはいろいろなものが落ちていた。効果はわからないが、とりあえず全部クロエに回収してもらう。

「食料とか準備しに一旦戻ろう」

何が起こるかわからないのだ。慎重に行った方がいいだろう。岩を元に戻して入り口を隠し、俺はドクとレアンの気配を探す。

「旦那。わりい、まだ有力な情報はねえ」

「こっちもだ」

しばらく探すと、情報を集めていた二人に出会うことができた。ドクはギルド、レアンはスラムを探していたようだったが、手がかりはなかったようだ。まあないだろうな。あんな岩の下にあるんだから。

「大丈夫だ。こっちで見つけた」

「!? さすがだな、旦那」

「それでこれからどうするんだボス？」

「本当は俺一人で行くつもりだったけど、軽く戦ってみてそれほど敵が強くなかったから、お前らの修業にいいかなと思って、明日潜ろうかと思う」

「おおっ⁉ 迷宮なんて初めてだ。腕が鳴るぜ‼」

レアンがはしゃいで言うが、ドクはどこか警戒した表情をしている。

「レアン、気をつけろ。旦那の言う強くないほどあてにならないものはない」

さすがは元金ランクハンターである。だが俺は嘘《うそ》をついてはいない。そこまで強くはないのだ。一頭なら。

「望むところだ。俺は強い奴と戦いたいからボスについてきたんだ」

脳筋のレアンにはドクの懸念は通じなかったようだ。

「今日は適当に宿に泊まっといてくれ。俺は一旦戻ってソリド達に報告してくる」

「了解だ」

「明日の朝また来る」

そう言ってクロエと二人、再びグリモワールへと戻った。

「車を使わずに走った方が早いってのが皮肉だなあ」

帰りは全力疾走である。曲がる道をジャンプして直線的にショートカットできる分、はっきり言って車より早い。

「やはり十傑集走りは早いですね‼」

「早い要素がどこにあるのかわからんけどな」

ちなみに俺は両腕を組んで走り、クロエはどこから持ってきたのか、よくわからないが、煙管《きせる》のようなものを咥《くわ》えていた。帽子やマスクはしていない。難易度の割に早くなく、非常に疲れただけだった。

要は上半身を全くブレさせることなく、前に倒れこみ、倒れるより先に前に足を出す。これだけである。忍者が水の上を歩くのに近い理論だ。同じでないのは、物理的に可能な範囲であるということだ。そもそも水の上を歩くというのは、水に浮いているという前提から成り立つ理論である。つまり一歩目で既に理論が破綻しているのだ。

だが十傑集走りは違う。長い箒《ほうき》を逆さに持ち上げ、柄を指先で支え、前に倒してそれが倒れないように前に移動する。一定以上の速度があれば箒は倒れる力と起き上がる力が重なり合い、一定の位置で停止する。それを自身の上半身にしたものが十傑集走りである。

全くブレない体幹と驚異的な身体能力さえあれば、不可能ではないのだ。アニメの完全再現は無理だが、理論上不可能ではない。ちなみに止まったらその速度で転倒必至なので走る方も必死である。

なにはともあれクロエが非常に満足しているようなので、がんばった甲斐《かい》はあったのだろう。ちなみにこの十傑集走りはクロエのリクエストである。

「夕食前に着けてよかったですね」

満足そうな表情でクロエが語る。普通に走ればもっと余裕があったんだが……。まあクロエが嬉《うれ》しそうなのでよしとしよう。

その後、俺は本館の夕食会に参加することになった。クロエは後ろに控えている。

「迷宮が見つかった」

「!?」

俺の一言でソリドだけでなく、ペルルもフェールもそしてドリスも固まった。

「それは本当ですの!?」

なぜか昨日はいなかったメリルもいた。昨日は森にロッシャ？　だかをみんなで探しに行っていたらしい。そして見つからなかったと。何しに行ったんだ……。

「ど、どこにあったのかね？」

「王都のスラム街に入り口があった」

「あんなところに!?　な、なぜ今まで見つからなかったのだ……」

「巨大な岩で入り口をふさがれていたからな。意図的じゃないとあんなものが偶然、入り口に落ちてくるとかありえないから、誰かの意思は感じる。しかも一枚岩だったからな。およそ人の力でどうこうできるものじゃない。俺と同じようなスキル持ちか、人ならざる者の仕業だろう」

一トン二トンじゃすまない重さだしな。以前見たテレビによると、同じくらいの辺の長さで五分の一くらいの厚さの一枚岩が、確か四十トンちょっとだった。つまりその五倍とすると最低でも二百トンはあるということになる。どうやっても人の力では無理だ。だが、迷宮に蓋をした理由も岩を運んだ方法も今となってはわからないので、考えるだけ無駄である。

「それでその迷宮はどうだったのだ？」

「まだ暴走はしてないみたいだけど、一階なのに狼《おおかみ》三百匹近くに襲われた」

「!? 迷宮には入ったことがないがそんなに危険なところなのか？」

「俺も学院都市の迷宮にしか入ったことないからわからんが、少なくとも一階でこんなに襲われるのなら、普通の迷宮は入り口が死体だらけだな」

「やはり何か異常が起きていると？」

「いや、それはまだわからない。これがこの迷宮の通常なのかもしれないし。それであまりに死者が出るから、入り口を塞《ふさ》いだって可能性もあり得る」

「なるほど……どうやって塞いだかまではわからんが、これが通常の状態だというのなら塞ぐ理由もわかる気がする」

どんなに利益が出る場所でもそれを上回る危険があるのなら、それは使ってはいけない場所なのだ。それが判断できないものは為政者《いせいしゃ》になってはいけない。いつかその博打《ばくち》で国を亡ぼすことになるからだ。

「それでどうするのだ？」

「今のところそこまでの難易度じゃなかったから、行けるところまでドク達と潜ってみる。

それでわかる範囲で封印のことも調べてくるよ」

「おおっそれは助かる。君ほどの者が行くのなら安心だな。だがこの国は君にばかり負担をかけてしまっているな。君にはすまないと思っている」

「好きでやってることだ。気にするな。それにこれで迷宮が使えるとわかれば、王都も活気がでるだろうし、財政も持ち直すんじゃないか？」

「確かに。迷宮の利益は凄《すさ》まじいものがある。だがイストリアに新たな迷宮ができたとなれば、近隣諸国も黙ってはいないだろう。今の状況でそれが発覚すると、略奪しようと向かってくる国もあるかもしれん。それほど迷宮のもたらす利益は大きいのだ」

「迷宮関係なく、すでに隣国が襲ってきてるけど？」

「……あそこはまだ戦力が残っているのか？」

「さあねえ。もう王子は、つかまってる第三以外全員死んでるから、後は一番の問題である王がどうするか、だろうな」

とはいえ裏にいるのは魔人なんだろうけど。こちらでは魔族として伝承なんかには残っていたらしいから、魔族の方が通りがいいだろうけど、アイツ自身が魔人て名乗ったからまあ魔人でいいだろう。

あいつらの話から少なくとも後四人は残っているはずだ。だがストゥルトゥスの戦力と考えると、そう多くは残っていないはずだ。何せリグザール、グリモワール、イストリア王都の三方面を攻撃して全て失敗しているからな。二つは俺が潰しちゃったんだけど。この状況で傭兵《ようへい》がどれだけあいつらにつくか……。

「ジャン」

「ん？　なんだ？」

「今のストゥルトゥスにつく傭兵はどれくらいいると思う？」

「んーまあ、全くいないとは言い切れないだろうな。基本傭兵は負け戦にはつかないが、そもそも負けたことを伝えられていない可能性が高い」

「……当然だろうな。わざわざ伝える必要もないし」

「まあ一流どころになると、空気で感じ取れるけどな。で、それを感じ取ると、とっとと逃げ出す」

「じゃあ二流どころはまだいる可能性があるってことか」

「そういうこと」

「じゃあ戦力的には大した脅威でもないってことか。となれば、攻めてくる可能性は低いな」

主力が傭兵なら来ないだろう。普通なら捨《す》て駒《ごま》要員だ。それを主力にして他国を攻めるなんてマネは普通しない。というかできない。何せ傭兵なんて言うこと聞かない可能性が高いのだから。

「なら公開しても大丈夫そうだな。とりあえず調べてくるから。それで大丈夫そうなら、内政が安定してきた時に公開しようか。それまでは入り口は塞《ふさ》ぐ感じで」

「その方がいいだろうな。今の状態で一般公開しても混乱の方が大きいだろう」

「王都だし、王家が管理できるでしょ？」

「もちろんだ。イストリアでは初めての迷宮だからな。やはり王家が管理すべきだろう」

「ならば問題ないな。王家が力を持てばペルルの権威も少しは上がるだろうし」

「迷宮が王家のものになれば、確かにペルル陛下の権威は盤石《ばんじゃく》となろう。しかしそれでよいのか？　発見者である君になんの利益もないようだが？」

「ペルルのためになるだろう？　助けるって言った以上、それが俺の利益だ」

「……君はぶれないな。奥方が多い理由が分かった気がするよ」

「⁇」

ソリドは何を言っているのだろうか。ペルルを助けることと嫁に何の関係が？　ふと、ソリドの隣を見れば、ペルルとフェールがなぜか顔を赤らめてこちらを見ている。

「キッド様。いずれこの御恩は必ず返します」

「出来高払いでいいぞ。今はまずよく学び、よく遊べ。子供は遊ぶのも仕事だ」

「こ、子供じゃありません‼」

「大人になるほど、子供に戻りたがる。だから自分が子供と言われて否定するのは子供の証拠だ」

「!? じゃ、じゃあ子供です!!」

「やっぱり子供じゃん」

「!? だ、騙《だま》しましたね!?」

俺とペルルのやりとりに、周りが全員笑いに包まれる。ペルルは昨日までのピリピリとした圧のようなものは全く感じさせず、今ではようやく年相応の少女のようになった。いいことである。

その後、エペを残してレアだけ連れてリグザールへと戻る。そして恒例の大運動会が開催された。今度はちゃんと全員に二回ずつ出した。俺はがんばった。頑張りすぎだと思うくらいには頑張った……。そろそろこのカードの出番かもしれない。

№２１８C：精力絶倫　対象の精力が大幅に上がる。

どういう効果なのかはわからないので使うのが多少怖いが、このままでは腹上死しかねない。これだけ毎日やりまくっても、まだ枯れたことがないので限界がわかっていないが、まさかデフォルトで無限に回復し続けているなんてことはないだろう……ないよな？

さすがに俺もちょっとおかしいとは思っているんだ。いくら変な薬盛られたとはいえ、以前やったのは、七人を一晩に二周って十四回ってことだろ？　いや、無理だろ……。

ひょっとして以前言われた隠れスキルとかいうやつか？　特殊なパッシブスキルは見えないとか言ってたし、まさかそれに精力回復とかそういうのがあるのかもしれない。

以前クロエに、俺は腎虚《じんきょ》にはならないといわれたし、一度限界を見極めるため、嫁全員を枯れるまで抱き続けるという検証が必要かもしれないな。

それで二日以上持つようなら、消費よりも回復の方が早い可能性が高い。つまり自動回復状態が続く。そもそもが十四回分もストックできるものじゃないからな。そうなるとこのカードは余るから、ドクに使ってやればきっとローナも喜ぶだろう。


朝になり、艶《なま》めかしい一糸まとわぬ姿のレアを連れてイストリアへ戻る。服はクロエが用意してくれたのでなんとかなるだろう。

その後、朝食後にクロエを連れてすぐに王都へと向かった。さすがに今度は十傑集走りはしなかったので、それなりに早く到着した。入り口は結構混雑していたが、貴族用の入り口を使えたため、並ぶこともせずすぐに入ることができた。

「そういえばドク達の宿はどこだ？」

「聞いていませんでしたね」

「気力探知で探すか」

ドクもレアンもかなり大きな気力を持っているので、非常にわかりやすいのだ。

「あっちに大きな気力が二つ揃《そろ》ってる。間違いないだろう」

しばらく歩いていると、ギルドの近くで大きな気力を二つ感じた。この街で探知してきて一番大きな気力なので、恐らくレアンだろう。かなり大きな気力を持つドクより、レアンの方が気力が大きいのだ。

普段ドクが抑えているのもあるだろうが、例えるならドクは瞬間最大風速が大きいタイプで、レアンは平均的な風速が大きいタイプだ。戦闘スタイルの違いが気力の方にも如実に表れている。

「おっ旦那。随分と早いな」

「もう行くのか？　こっちはいつでも行けるぜ？」

気配を感じた宿に入ると、二人はすでに朝食を終えており、ちょうどギルドにでも足を運ぼうとしていたようだ。そういえば、探せばいいやと思っていたから、待ち合わせとかなにも考えてなかったな。出会えたからまあいいか。

「それじゃ行くか」

「腕が鳴るぜえ!!」

「未知の迷宮か……確かに胸は躍るが、危険も段違いなんだろうなあ」

「元金ランクハンターが何言ってんだ。浪漫《ロマン》を求めるのがハンターだろうが」

「俺はもうハンターじゃなくて傭兵《ようへい》なんだけど」

「ハンターに戻れよ」

「……確かにもう傭兵をやる意味もないし、旦那の命令なら戻るけどさあ。復帰戦にしてはきつ過ぎない？」

「大丈夫。死ななきゃ俺が何とかするから」

「やっぱりそんな場所なのかよ⁉」

「きっと大丈夫。昨日少し潜ったけど何とかなりそうだったからさ」

「それって旦那基準てことだろ？」

「お前らでも大丈夫だ……多分」

「今最後なんか付け足さなかったか？」

「さて行こうか」

昨日の場所へと戻り、岩をどかして奥へと進む。ちなみに岩は、潜った後に元通りに戻して入り口は隠しておいた。誰かに入られても困るからな。

「今日はこっちを見てみるか」

この迷宮は最初に前、左、右と、三つに通路が分かれている。昨日は真正面に進んだので、今日は右から行ってみる。

「……何もないな」

右の部屋は、およそ三十畳ほどの何もない部屋だった。

「反対側も同じかな」

そう言って左に進むも、やはり空き部屋しかなかった。が、右と少し違うのは、奥に扉があることだ。

「これは……開かないな」

扉は全く開く気配がない。力ずくで開けるべきか？　いや、それは最終手段にしておこう。今は普通に昨日と同じ道から攻略を開始しておくべきだろう。そう思い、結局昨日と同じ真正面の道を進むことにした。

「昨日入った時は狼《おおかみ》でいっぱいだったから、まずはドクとレアンの二人で掃除してくれ」

「了解」

「わかったぜボス」

俺が露払《つゆばら》いを頼むと、二人は喜々として前に出た。

「ん？」

昨日と同じ小部屋に入ると、二人は立ち止まり、警戒する。見えていないが、接近してくる気配を感じ取ったのだろう。やはり戦闘に関するところは一流である。

「よっほっは!!」

「ふんっせいっおらっ!!」

二人は順調に狼《おおかみ》を倒している。だがバラバラで連携とかは全くしていない。まあ、初めての戦闘だから仕方ないだろうが、このままだと怪我《けが》をしそうだ。

「今のうちに連携の練習しといた方がいいぞ」

「わかった。レアン前衛を頼む。何匹か適当に後ろに逃がした奴を俺がやる」

「了解だ」

そう言ってレアンが前に立ち、通路から来るやつを直接叩《たた》き、隙間を抜けてきた奴をドクがやるという形になった。最初の数匹は少しぎこちなかったものの、さすがに二人とも名をはせた強者だけのことはあり、あっと言う間に敵を効率よく倒せるように連携を修正し、気が付けば打ち止めまで安定して倒しきった。

「はあ、はあ、これが一階層ってやばすぎるだろ」

「だが数が多いだけで大したことはなかったな」

「さすがだなあ、二人とも。俺達の出番ないじゃないか」

「まっこれくらいはな」

「まだまだいけるぞ？」

若干息を乱しているものの、二人とも随分と余裕がありそうだ。

「それじゃ次いってみよう」

ここから先は俺も未知の領域である。警戒して進まないとな。パーティーなら斥候《せっこう》役が欲しいところだ。

「私がいるじゃないですか、マスター」

「そういえばお前何でもできるな。クロエに任せる」

「後でご褒美くださいね」

「……考えとく」

きっとまたとんでもない要求をされるのだろう。なんだかんだいっても、嫁だから言うことを聞いてしまうんだよなあ。主人なのに。

「無茶な要求はしませんからご安心を」

「……安心できる要素が今までに一回もなかった気がするけど？」

「気のせいですよ」

そう言ってクロエは、罠《わな》など知らぬとばかりにずんずん先へと進んでいく。

「なんかやけに自信満々に進んでるけど、大丈夫なのか？」

「知らない場所に自信なんてあるわけないでしょう？」

「適当だったのか……」

「なーんて、実は昨日のうちに分体を放ってありますので、大体のマッピングは完了しています」

「マジかあ、うちの従者兼嫁が俺より有能過ぎる」

「SR《スーパーレア》ですから!!」

「はいはい」

調子に乗るクロエをあしらうのも、もう慣れたものである。

「ちなみに行き止まりは最初の分かれ道だけで、後はどの道を通っても階段のある部屋に繋《つな》がっています」

「じゃあ、公開された時は正解ルートが一つだけで、パーティーが混雑するってことはないようだな」

「階段も通路も広いので大丈夫だと思います。まあ何百人も来られたらさすがに混雑すると思いますが」

「一応ハンター用の施設なんだから、コミケみたいなことにはならないだろう……ならんよな？」

「近隣から低ランクが集まってくればその可能性はありますよ」

「……まあ、その辺はギルドが考えることだな。俺達は気にせず進もう」

そう言って、たどり着いた階段から地下二階へと下りる。なぜ地下一階でないかといえば、最初に若干道が下っており、地面が頭上にあるため、最初に降りた場所を地下一階としたのだ。

その後、順調に攻略は進み、現在地下五階である。

「くっ!?　こいつら子鬼族の強さじゃねえ!!」

「子鬼族が魔法だと!?」

二階、三階と進むにつれ、出てくる敵も様変わりしていたが、基本狼《おおかみ》よりも鈍足の敵ばかりだったので、ドク達にとっては逆に余裕だったようだ。数は多かったが。

そして五階にして初めて人型の敵が出てきた。子鬼族。ゲームで言うゴブリンみたいな存在だ。

しかも他で見るより若干大きめで、持っている武器もこん棒などではなく、普通に鉄製の剣を持っており、外で見る奴よりはるかに凶悪になっている。そして何が酷《ひど》いって、後方に杖《つえ》を持った魔法使いタイプまでいることだ。

「く!?　ドク!!　魔法使いを先にやってくれ!!」

「了解」

対応を見ると、どうやらレアンの防御スキルは魔法には効果が薄い、もしくはないようだ。ひたすら魔法に気を取られているせいで前の階層での戦闘はどこへやら、動きがかなり散漫になっている。

「レアンは魔法におびえ過ぎだ。火の玉一発で死にやしねえよ」

「そんなこと言ってもようボス。痛いものは痛いんだよ」

普段ダメージカットしているせいで、痛みに弱いのかこいつ……痛みに慣れさせる訓練しておかないとな。いざという時に動けないと困る。

「ふう、なんとかなったか」

とりあえず二人は子鬼族を倒しきった。だが、見る限りここの子鬼族は小隊単位で動いている。十四前後の分隊が四つか五つ集まっている感じの集団と戦闘方法だった。

二人のスペックごり押しで何とか勝てたが、それなりに強いパーティーを組んでいないと返り討ちに遭うだろう。何せ盾はないのに、しっかりと前衛、後衛と役割が分かれて連携していたのだ。弓の性能が低かったのと、矢を受け付けないレアンの組み合わせでなければ、結構苦戦していただろう。

「こいつら子鬼族の皮を被《かぶ》った騎士団だろ。傭兵《ようへい》よりずっと統制が取れてたぞ」

「俺もこれほど強い子鬼族は初めて戦った。世界は広いな。ボスについてきてよかった」

迷宮の子鬼族の強さに二人は驚いている。ドクの方は若干疲れが見えるが、レアンの方はまだまだ余裕のようだ。さすがに獣人族の体力は凄《すさ》まじいものがある。

「まだまだいるようだから。どんどん行ってみよう」

「ちょっとは休ませてくれよ」

「糞《くそ》っ!?」

「ぐっ!?」

ドクの愚痴を無視して俺達はさらに奥へと進んでいった。

進むにつれて子鬼族はどんどん学習しているようで、練度が段違いに上がっていった。まるで戦闘での経験を迷宮全体で共有しているかのようだ。

「ほらみろ、レアン。過度に魔法を避《よ》けるから、お前の弱点が魔法だって学習してるぞ」

「糞がっ!!」

子鬼族は斥候《せっこう》タイプの素早い奴と弓使いをドクの相手にすることで、レアンの弱点である魔法使いをフリーにし、レアンに魔法を放つようになっていた。明らかにレアン対策である。これまで対峙《たいじ》した子鬼族は全て殺してきている。にもかかわらず、今回の部隊は対峙した瞬間から今のフォーメーションで襲ってきている。明らかに先ほどまでのレアン達の戦闘を見て学習しているのだ。

つまり死んだ後も記憶というか戦闘経験は他の部隊に引き継がれていると考えていいだろう。それは戦闘を重ねるごとに、俺達はどんどん不利になっていくということだ。

「はあ、はあ、嘘《うそ》だろこいつら。最初とは、もはや別物になってんぞ」

「一匹一匹なら余裕で勝てるが、こいつらは群れになると信じられないくらい強くなるな。今まで見てきた子鬼族とはまるで別物だ」

苦労して三度目の子鬼族の襲撃を凌《しの》ぎきった二人だが、怪我《けが》もしてないのに精神的に満身創痍《まんしんそうい》といった感じだ。

「どうする？　手伝おうか？」

「いらんっ!!　ここまで来て手なんぞ借りれるか!!」

「おう。まだまだいけるぜ!!」

レアンは体力的に余裕がありそうだが、ドクのがカラ元気なのはバレバレだ。プライドだけで動いている感じだが、まだまだ限界にはなっていないようなので、このまま続けさせることにしよう。

そのまま六階に降りると、敵は同じ小鬼族だが、敵の部隊が一小隊から二小隊へと増えていた。つまり……倍である。

「ちっ!?　さすがにこれは無理だ。一旦引くぞ!!」

「引くったってどこへだよ!?」

「階段を上がれば追ってこない……はずだ……追ってこないことを祈れ!!」

さすがに多勢《たぜい》に無勢《ぶぜい》のようで、戦う前にドクは撤退を進言して下りてきた階段へと走っていく。階段で逃げ切れるかどうかを確認したいので、俺とクロエも手を出さずにドクの後をついていった。

「……来ないようだな。ふう、死ぬかと思ったぜ」

「さすがにあの強さで連携するやつを百匹同時は無理だな」

階段を登り切らず、階段半ばの踊り場で一度止まって敵を待つが、追ってこないようで、ドク達は安堵《あんど》の息を漏らした。これでこの迷宮は階段で追尾を切れることがわかった。

「それじゃあ俺達がやるか」

「マスター、ここは私に任せてもらえませんか？　試してみたいことがあります」

「いいぞ」

クロエが珍しく率先してやりたがるので任せることにした。クロエは普通に階段を下りていくと、先ほど襲われた部屋へとずかずかとためらわずに入っていく。俺は後ろからついていき、その様子を見ていた。

「!?」

子鬼族が何かを言う前に、部屋にいた子鬼族が全てバラバラに切り裂かれた。

「な、何が起こったんだ？」

「お前それはあかんやろ。めっちゃかっけえんだけど。明らかに俺よりかっこいいのやめてもらっていいですか？」

あまりのことに混乱してしまった。こやつ、透明なワイヤーで切り裂きやがった。あの強キャラがよくやるやつだ。どうやっても理論上無理なアレを実現している。

「どうやったんだ？」

「分体を釣糸に薄く纏《まと》わせて、それを操ってます」

その手があったか!?　それなら糸そのものを自由に動かせる。こいつにしかできない芸当だ。

「切れないのか？」

「強度を上げていますので」

「何それずるい。フィクションの技を完全再現とか、羨まし過ぎて泣きそうなんだが」

「ふふふっ謎の強者感が出てませんか？」

「めっちゃ出てる!! いいなあ、俺もやってみたいなあ」

「マスターがこれほど素直に羨ましがってくれるなんて……やってみた甲斐《かい》がありましたね」

「クロエじゃなくて名前ウォルターにする？」

「……せめて女性名にしてください」

「えーかっこいいのに。そうしたらパーフェクトだウォルターって言えるのに!!」

「いつからマスターはヴァンパイアになったんですか……どっちかというと伊達男《だておとこ》の方でしょ？」

「言われてみれば確かにその節はあるか？ カードいっぱい使うし、壁歩くし……後は帽子とコートか……ありだな」

「ありだな……じゃありませんよ。マスターはそのままでいいですから。ありのままでいてください」

「まあ、お前がそういうならそのままにするけど」

「何か珍しく素直ですね？」

「いや、愛する嫁がそのままでいいなんて嬉《うれ》しいこと言ってくれるなら、そりゃあそのままにするよ」

「!?　……マスター、そういうところですよ!!」

「??」

なにも飾らず素直に答えたら、なぜか怒られた。

「いや、俺もちょっとは強くなったかなあって思ってたけど……全然だったわ」

「俺もだ。上には上っているんだな」

クロエの惨殺《ざんさつ》ショーを後ろで見ていたドクとレアンは落ち込んでいた。なにせ自分達が撤退を決めた相手をたった一人で、ほんの数秒で皆殺しにしたのだから。世の理不尽というものを味わったのだろう。

それ以後は二人で対処できない範囲の敵をクロエが先に切り裂いて間引きして、残りを二人が倒すという形になった。そして次の七階にたどり着くとそこにいたのは……。

「『邪妖族《じゃよう》』か。また珍しいやつが」

「邪妖族？」

そこには子鬼族よりやや小さく、耳がやたらと長い人型生物がいた。

「『闇に堕《お》ちた妖精族』って言われてる。ごく稀《まれ》に見かけることがあるが基本、人の生活圏にはいないから、滅多に会えるもんじゃない」

「強いのか？」

「単体なら子鬼族とたいして変わらん。でも魔法が得意なんで、対処を間違えると大体大変なことになる」

要は魔法特化子鬼族ってことか。とりあえず一匹しかいないのでレアンに相手をさせるが、レアンは火の魔法を避《よ》けつつ邪妖族を一撃で倒した。

そのまま奥へと進むと子鬼族と邪妖族が一緒に出てくるようになった。子鬼族にも魔法使いはいるが、邪妖族の魔法はそれの比ではない。子鬼族は小さな火の玉が一つ飛んできたくらいだが、邪妖族は広範囲に爆発する火の玉や見えない風の刃、地面から飛び出す岩《いわ》槍《やり》とバリエーションも豊富で、致死性も高い魔法のオンパレードだ。子鬼族が邪妖族に変わっただけで、受け手を間違うとあっと言う間に全滅する恐ろしい部隊になっている。

「これは……さすがに二人じゃ無理だな。クロエ」

「はい」

そう言ってクロエが手を振ると、あっと言う間に敵が切り裂かれてバラバラになった。

「糞《くそ》っ!!　情けねえ!!」

「すまないボス。ふがいないところを見せた」

二人はどうやら落ち込んでいるようだ。

「いや、別にお前らでも勝てるとは思うぞ？　それなりに負傷はするだろうけど。ただ、今は時間がないからまた後日来た時に戦えばいい」

そう。何階あるかもわからない迷宮を攻略しなければいけないのだ。さすがに悠長に相手している暇はない。そこからはクロエが殲滅《せんめつ》していった。視界に入る前に敵がバラバラになっているため、俺達はまるで無人の野を行くように、迷宮を散歩気分で歩いていた。

「迷宮ってこんなに楽に歩けるものなのか？」

「いや、普通はこんな簡単に歩けねえよ」

レアンの質問に、ベテランハンターだったドクが答える。

「初めての場所は特に入念に準備して、斥候《せっこう》が警戒して少しずつ進むもんだ。こんなふうに近所を散歩しているみたいに歩けるもんじゃねえよ」

クロエは散歩しつつも周りも罠《わな》も警戒するという超絶技巧を用いながら、鼻歌交じりで進んでいる。これを見れば熟練のハンターほど絶望するだろう。その圧倒的な才能に。

「これで銅ランクハンターって、誰が信じるんだ……」

そう。クロエはいつの間にやらハンター登録をしていた。登録したばかりなので緑色の仮免カードと思ったら、手持ちの薬草を納品して即日、銅ランクに上がっていた。

「そういえば登録試験はどうしたんだ？」

「ああ、ギルド長とやらが出てきましたのでぶっ飛ばしておきました」

かわいそうに……金ランクより強い新人の相手をさせられるなんて……。

「まさか殺しては……」

「ギルド長以外も何人か来ましたが、全員殺さずに叩《たた》きのめすだけにしておきました」

クロエは言いながらドヤ顔でこちらに近寄り、頭を差し出す。

「……よしよし、よく殺さなかったね。偉いぞ」

そう言って頭を撫《な》でると、クロエは嬉《うれ》しそうに目を細めて好き放題撫でられている。

「収納に入ってる素材全部納品しちゃっていいぞ。どうせ使わないし」

「ありがとうございます。マスターは嫁に甘いですね」

「夫が嫁や子供を甘やかさないで、誰を甘やかすっていうんだよ」

「全くマスターは……このお礼は体でお返ししますね」

「待て!!　その俺は返すというか絞り取られてるだけなんで、それは逆に俺が奪われる立場だ!!」

「遠慮しなくてもいいです。十回でも二十回でもお相手しますよ!!」

「ひいい!?」

恐ろしいことにこいつは本気でやりかねないから、釘を刺しておかないと。

「嫁は平等。いいね？」

「……わかりました」

「そうかわかってくれたか」

「一人二十回ってことですね‼」

「わかってねええ⁉」

そんなやりとりをしながら俺達はついに十階層に到着した。

「敵がいないな」

十階層は大きな部屋があり、その中にさらに部屋がある感じの作りになっていた。

「横に通路があるぞ？」

正方形の部屋なのに、一つだけ通路があった。進むと看板が立てられている。

「この先、管理人室……って隠す気ゼロか⁉」

まさか看板まで立ててあるとは思わなかった。

「ここは敵が出ないみたいなんでドク達はここで待っててくれ」

「わかった」

「あの部屋には入らない方がいいか？」

レアンは部屋の中央にある部屋を指指す。

「たぶんボスだから死ぬ可能性が高いぞ？」

「……わかった。やめておこう」

七階層ですら無理だった二人には無茶すぎる相手だ。誰が相手かは知らないが。

そのまま看板の横を抜け、脇にある通路を進むとそこにも部屋があった。いや、大きな扉と言った方がいいか。

「とりあえず開けてみるか」
二、三トンはありそうな扉だが、押したらすんなりと開いた。中に入るとそこには……。
「ロボ？」

金色に光る全身騎士鎧《きしよろい》と、銀に光る全身騎士鎧が部屋の中央に並んで鎮座していた。

「……これってアレかな？」

「まあ、間違いなく襲ってくるやつですね」

ですよねえ。

「でも金色が悪魔の将軍になったりはしないと思います」

さすがに全身鎧とプロレスはできねえよ。

「あれって生き物だと思う？」

「要素はゼロですね」

「だよねえ」

なら即死カードも効かないだろう。そもそも生きていないのだから。

「ん？」

部屋に入ってすぐの所で倒し方を考えていたら、金銀の鎧達が立ち上がり、動き出していた。

「進まなくても一定時間で機動すんのかよ……せめてじっくり考えさせてくれよ」

そんな思いは通じることもなく、金と銀の鎧はゆっくりとこちらに向かって歩いてくる。それぞれの手には剣と盾を装備している。

「普通に戦ってみるか。クロエは銀をお願い」

「わかりました」

俺達は同時に走り出した。

「ふっ‼」

全力で振り下ろしたトンファーを、金鎧は盾で受け止めた。

インパクトの瞬間凄《すさ》まじい衝撃が発生し、金鎧は少し地面にめり込んだが、それでも体勢を崩すことすらなかった。

「おっと」

普通なら手がしびれて動かなくなるくらいの衝撃だったのだが、受け止めると同時に間《かん》髪《はつ》容《い》れず剣で反撃してきた。間違いなく神経が通っていない。つまりはアンデッドか、ロボットや人形のようなものだと考えるのが普通だろう。

「マスター。とりあえず私の物理攻撃も魔法攻撃もダメージを与えられないようです」

クロエが銀色と戦いながら叫ぶ。クロエの攻撃が通らないなら、物理も魔法も無効化している感じか。あかん詰んだ。どうするか……。穴掘って埋めるか？　迷宮が掘れるならいけるか？　でも迷宮の床が掘れるとしたら、ハンター全員で穴掘ってショートカット作るだろう。迷宮製作者がそんな穴を残しておくとは思えないんだよなあ。まあ結構うっかりやってるから、ワンチャンありそうな気がしないでもないが……。でも穴掘ってもこいつら生きてすらいない可能性が高くて、倒せない気がするんだよなあ。

「日本人が製作者なら、絶対に倒せない敵は作らないと思うんだ」

倒すギミックはあり、それを満たさないと絶対に倒れないというのならわかる。こういうのを作る奴は大体そういうこだわりがあるはずだ。

「ん？」

一時間くらいお互いダメージを与えられずに戦闘を続けていると、金銀鎧《よろい》の二人は剣を収め、中央の椅子のような場所に戻っていった。

「ひょっとして一定時間逃げ切ればよかったのか？」

「そうなのかもしれま――どうやら違うようです」

椅子に座った金銀の鎧はじきに立ち上がり、またこちらに向かってきた。

「休んでただけかよ!!」

休憩いれる鎧ってなんだよ……入ってんじゃねえのか？　いや、入ってたらそんな短時間の休憩で復活できるわけがない。ってことは……。

「!? 魔力か」

恐らくこいつら魔力で動いている。そしてあの椅子で補充しているのか。じゃあ逃げ回ってあの椅子を壊せばいいのか？　いや、どう考えてもこの鎧と同じ材質で作られてる。

そもそもあの椅子壊せるなら鎧達を壊せるだろって話だ。

じゃあ勝利条件はなんだ？　魔力切れを狙うってのは合ってるはずだ。ならどうやって椅子に戻らないようにすればいい？　戻る前に魔力をゼロにしてやればいい。何か方法があるはずだ。部屋を見渡しても中央の椅子以外には何も見当たらない。

「くっどうにかして魔力を空にすればいいんだろ？　だったら……378セット!!」

№.378C：生魔変換　対象の生命力と魔力を入れ替える。

すると、金色鎧は動きを停止してその場で崩れ落ちた。

「あれ？　効いた？」

どうやら金色は倒したようだ。同じように銀色にもカードを使うと倒れて動かなくなった。そして扉が開く音が聞こえた。

「……結局本来の倒し方はなんだったのでしょう？」

「さあねえ」

結局正規の手順がわからないまま、俺達は入り口ではなく部屋の奥で新たに開いた扉へと入っていった。

「管理人室か。部屋自体は学院のものと変わらないな」

そこは学院の迷宮にあった管理人室と同じ部屋だった。そこでディスプレイで金銀鎧《よろい》についてて調べてみると……。

「わかるか!!」

どうやらこの金銀鎧は、互いの剣で同士討ちさせるのが正解だったようだ。無理だろ!!

「どっかにヒントあったか？」

「特に気が付きませんでしたね」

ノーヒントでこれに気が付けって無理ゲーにも程があるだろ……。ゲームなら何度も死んで試せるからいいけど、現実は自分の命を懸けてチャンスは一回こっきりなんだぞ……。

「殺意しか感じないギミックだな……ん？」

調べてみると入り口が二つあるようだった。

「そんな扉あったか？」

「確かに小さな扉が横にありましたね」

「……マジか」

どうやらそっちが本来の日本人用の入り口だったらしい。以前あったクイズのあれだ。

「つまり倒さなくてもいい敵を苦労して倒して入ったと？」

「……すみません」

俺は素直に謝った。入り口を見落とした俺のミスだ。これは素直に謝らざるを得ない。

「まあ、無事だったのですから別にいいですよ。後でいっぱい愛してくれれば」

「……がんばります」

俺はそうとしか返せなかった。今日の夜はがんばろう……いろいろと。

そして迷宮について調べてみると恐ろしいことが判明した。

「ここの迷宮最下層が一万階なんだけど？」

そりゃ難易度七万とか行くはずだ。下りるのに何年かかるんだよ……。元々は十階、つまりここが最下層だったようだが、豊潤な魔力で階層が自動で増えていき、気が付けば千年以上増やし続けた結果が一万階ということらしい。ちなみに地下一万階には真竜種がボスとして待ち構えているようだ。絶対に下りたくないでござる。

とりあえず調べてわかったのは、ここの心臓部であるオリハルコン《超濃度魔石》は少なくとも魔力が全然減っていなかったということだ。

つまりそれは魔力だまりからの魔力が過剰に供給され続けているということでもある。それを消費するために階層がどんどん増えていったのだろう。

「どっちにしろ魔素だまりの魔力を何とかしないとな」

この階層から封印の間《ま》に行けるようだが、扉に結界が施されており、ペルルがいなければ封印の間には入れないようだ。

後は魔力暴走について調べてみる。ヘルプさんを駆使していろいろと調べてみると、どうやら王宮にも封印の間への隠し入り口があるらしい。あの魔人は恐らくそれを見つけたんだろう。そして結界があって入れなかったと。

あれ？　じゃあこの迷宮来る意味あった？　……ま、まあ無駄にはならなかっただろう。ドクとレアンも鍛えられたし。

「無駄に金銀鎧《よろい》を倒しましたしね」

「……クロエさん言葉に棘《とげ》がありませんか？」

「そんなことありませんよ」

「……まあいいけど。それよりクロエさん？」

「なんでしょう？」

「なんでおっぱいを後頭部につけてくるのでせう？」

「嬉《うれ》しいでしょう？」

「……はい」

クロエは椅子に座る俺の後ろに立ち、俺の後頭部にその豊満な胸を押し付けていた。なんか彼氏と彼女っぽいムーブである。こんな青春送ったことがない俺は興奮を隠しきれなかった。

「いいんですよ？　興奮してますよね？」

……確かに久々の命がけの戦闘で興奮しているのは事実である。だが……。

「あいつらを迎えに行かないと――」

「あそこは安全なんですから、あんな脳筋ども多少待たせても問題ないでしょう？」

そう言って妖艶《ようえん》に微笑《ほほえ》むクロエの魅力に俺は逆らえず、結局そのままクロエとの迷宮大運動会が始まってしまったのだった。

一時間後。結局三回も搾り取られたが、クロエが喜んでいるようなので良しとして、俺達はドク達の元へと戻っていった。

「おせえよ旦那」

「悪い悪い。でもいろいろとわかったぞ」

「本当か？」

「ああ。とりあえずボスやってみるか？」

「おおっ!?　やっていいのか!?」

レアンはよほど戦いたかったのか大興奮である。

「大丈夫か？　七階層ですら俺達歯が立たなかったんだぞ？」

「駄目そうならクロエが倒してくれるから一回見てみよう」

「そういえばクロエさんが部屋に入る前より、なんかつやつやしてる気がするんだが……」

「気のせいだ……」

そりゃあれだけ好き勝手に搾り取れば肌つやも良くなろうさ。上に乗って腰を振りまくられたからな。どこで覚えたんだあんなテクニック……。

『もちろんマスターのためにいろいろと研究したのですよ』

研究？　まさか……。

『全く疑り深いマスターですね。他の男となんてしてませんからご安心を。パトリアで少々娼婦《しょうふ》の記憶を覗《のぞ》いてきただけです』

なるほど。それであのテックニックか……納得だ。

「それじゃ行くぜ!!」

気が付いたらレアンはすでにボス部屋に入ろうとしていた。慌てて続いて中に入ると、そこには多種多様な奴らが陣形を組んでいた。

「あれが親玉か」

そこにいたのは、子鬼族、邪妖族、そして巨大な豚鬼族《ぶたおに》の、三種族入り乱れた部隊だった。一回り大きな豚鬼族が一番上の部隊長のようだ。

「王以外やっちゃって」

「わかりました」

「!?」

クロエがそう言った瞬間、巨大な豚鬼族以外が全てバラバラに切り裂かれた。

さすがに豚鬼族も驚いたのか、興奮してこちらに単体で走ってきた。

「後は二人でやってみて」

「了解」

「任せろ」

まずはレアンが豚鬼族の持つ金属の金棒を爪装術《そうそうじゅつ》で受け止める。

「ぐっ!!」

足が地面に若干めり込んだが、攻撃自体は完璧に受け止めている。

「シッ!!」

動きの止まった豚鬼族にドクがすかさず切りかかる。しかし正確に首をなぞったはずだが、剣は豚鬼族の首の表面薄皮一枚切っただけだった。

「硬すぎだろ!!」

下手したらドクの剣の方が折れかねない硬さである。

「食らえ!!」

続いてレアンの爪装術《そうそうじゅつ》の爪が襲いかかるが、これもほんの少しの傷しかつけられなかった。さすがに埒《らち》が明《あ》かないとクロエを見ると、クロエは収納から刀を取り出した。

「刀？　そんなもの持ってたっけ？」

「以前、マスターが自動販売機で手に入れたやつです」

「あーあのひのきの棒とかと一緒に出たやつ!!」

そういえばそんなのあったなあ。

「ドク、これを使え」

俺はそう言ってドクに刀を投げ渡す。

「これは？」

「片刃の剣だ。切ることを重視してるから、叩《たた》くと折れるぞ」

「了解」

ドクはそういうと刀を抜く。その刃には刃文《はもん》が浮き上がり、人を殺すための武器であるにもかかわらず、思わず魅了されてしまうような美しさを内包していた。

「こ、これは……」

「GAAAAA!!」

「くっ!?　ふっ!!」

一瞬刀の美しさにとまどうも、ドクは襲いかかる豚鬼族をすれ違いざまに切り裂いた。

「!?」

一瞬の間《ま》が空いた後、豚鬼族の首がズレた。そしてそのまま頭だけが地面に落ちた。

「な、なんだこの切れ味は……」

あまりの刀の切れ味に、ドクは驚いて固まっていた。

「な、なんだその剣は？　信じられないくらいに綺麗《きれい》だが、あの敵を一撃なんて……」

レアンの方も驚いている。何せ爪装術が全く効かない相手を一撃必殺だったからな。

「さて、それじゃ用も済んだし帰るか」

そう言って奥に行くと、学院のように入口への転移魔方陣があった。

「あれなんだ？」

転移魔方陣のある部屋の奥に、何やら機械のようなものがある。

「なになに、手を置いてください。だって」

機械は中央に大きな玉がはまっている。どうやらこれに手を当てればいいようだ。

「レアンおいてみ？」

「俺かよ!?」

ボスである俺の言葉には逆らえず、レアンは恐る恐る機械に手を乗せた。すると機械が動き出し、何やらカードのようなものが排出された。

「なんだろうこれ」

「さあ?」

「恐らく迷宮で使うアイテムっぽいから全員分とっておこう」

とりあえず全員分のカードを取得してから、俺達は転移陣で入口へと戻るのだった。

63. エピローグ

「全く……レアさんは油断できませんね」

ある日の午後。

まったりとティータイムを楽しんでいる美少女達。

その中でひときわ輝く少女が、その穏やかな佇《たたず》まいとは裏腹に剣呑《けんのん》な空気を醸し出していた。

「一番のライバルはアンジュだと思っていたのにまさかレアだったとは……」

先ほどの美少女に匹敵する、耳が長い美少女も焦ったような声を上げる。

「我が妹ながらその手腕は見事というほかありません」

きりりとした表情で最初の美少女の後ろに佇む少女も、先ほどの美少女達に匹敵する美しさを醸し出している。

「まさか二人っきりであのように甘い言葉を投げかけられていたとは……」

「私にも言ってくれたことないのに!!」

「まあ、レアは我が妹ながら可愛いですからね」

件《くだん》の美少女三人。

アンジュ、アイリ、セレスは、クロエから見せられた映像を見て焦っていた。

三人は獣《けだもの》のように襲ってくるキッドしか知らなかったのだ。

まさかキッドが、あのようにイチャイチャしながら愛をささやくなんて、夢にも思っていなかったのだ。

「でも……薬でおかしくなっていないキッド様もまた素敵でした……」

そう言ってアンジュは夜のことを思い出し、現実から意識が遠のいた。

「そうですね。優しく抱いてくれるキッドさんも素敵です!!」

「獣のように抱かれるのもいいですが、ゆっくりとされるのもまたいいですね。特に一生懸命自分の上で腰を振っている姿が、もう可愛くて……」

「そうなんです!! いつもはただ強く叩《たた》きつけるような感じだったのに、昨日はなんていうか優しく抱きしめてくれて……」

そう言うと、顔を赤らめたアンジュは再び現実から意識を飛び出させて、遠くへ行ってしまった。

「それにしてもキッド様があんなに悩んでいたとは思いませんでした」

「私がキッドさん以外の男を好きになるわけないのに!! いくら例え話でもなんであんなチャラい男に引っかかるなんて思うんですか!!」

アイリは一人憤慨《ふんがい》していた。

キッドのたとえ話で、自分が他の男が好きになるなんて言われたからだ。

「キッド様は女性関連だけは、なぜか異常なまでに自信がないですよね」

「そう。セレスの言う通り自信がないように思えますね。キッド様なら百人娶《めと》っても何の違和感もありませんのに……」

それは、キッドが日本人としての価値観に染められているからである。

こちらの世界のように、平民ですら一夫多妻が認められている世界とはそもそも貞操観念が異なるのだ。

「まずは姫様に孕《はら》んでもらわないと私が産むわけにはいかないので、早く孕んでもらえませんか？」

「そ、そんなこと言ったって……」

「なら私が産みます!!」

「ア、アイリには負けないから!!」

美少女王族二人が言い合っている中、一人シャルは横で、その光景をほほえましそうに眺めていた。

「シャルどうしたの？」

「いえ、なんでもありませんよ？」

なんでもないふうに装いながらもシャルはその実、内心焦っていた。

実は自分がレアより先、一番最初にキッドに愛をささやかれて、時に優しく、時に激しく抱かれていたことがばれませんように……と。

今日もキッドのハーレムは平和だった。


〈『ワールドオーダー 8』へつづく〉

この作品に対するご感想、ご意見をお寄せください。

●あて先●

〒101-0052 東京都千代田区神田小川町3-3
イマジカインフォス　ヒーロー文庫編集部

「河和時久先生」係
「上田夢人先生」係

ヒーロー文庫

ヒーロー文庫

ワールドオーダー 7

河和時久《こうわときひさ》

2023年11月10日　第1刷発行

発行者　廣島順二

発行所　株式会社イマジカインフォス
〒101-0052 東京都千代田区神田小川町3-3
電話／03-6273-7850（編集）

発売元　株式会社主婦の友社
〒141-0021
東京都品川区上大崎3-1-1 目黒セントラルスクエア
電話／049-259-1236（販売）

印刷所　大日本印刷株式会社

©Tokihisa Kowa 2023 Printed in Japan
ISBN 978-4-07-456668-6

■本書の内容に関するお問い合わせは、イマジカインフォス ライトノベル事業部（電話 03-6273-7850）まで。■乱丁本、落丁本はおとりかえいたします。お買い求めの書店か、主婦の友社（電話 049-259-1236）にご連絡ください。■イマジカインフォスが発行する書籍・ムックのご注文は、お近くの書店か主婦の友社コールセンター（電話 0120-916-892）まで。※お問い合わせ受付時間　月～金（祝日を除く）　10:00～16:00
イマジカインフォスホームページ　http://www.st-infos.co.jp/
主婦の友社ホームページ　https://shufunotomo.co.jp/

Ⓡ〈日本複製権センター委託出版物〉
本書を無断で複写複製（電子化を含む）することは、著作権法上の例外を除き、禁じられています。本書をコピーされる場合は、事前に公益社団法人日本複製権センター（JRRC）の許諾を受けてください。また本書を代行業者等の第三者に依頼してスキャンやデジタル化することは、たとえ個人や家庭内での利用であっても一切認められておりません。
JRRC〈 https://jrrc.or.jp　e メール：jrrc_info@jrrc.or.jp　電話：03-6809-1281 〉